U0845883

“新世纪海外华文女作家”丛书编委会

总策划：笪林华
主编：［美国］江岚
海外编委：［美国］陈瑞琳　［加拿大］刘慧琴　［德国］高关中
国内编委：刘登翰　王红旗　赵稀方
本书执行编委：［加拿大］刘慧琴

『新世纪海外华文女作家』丛书

那日有雾

A FOGGY DAY

[马来西亚] 朵拉 著

海峡出版发行集团 THE STRAITS PUBLISHING & DISTRIBUTING GROUP | 鹭江出版社 LUJIANG PUBLISHING HOUSE

2017年·厦门

总序

20世纪七八十年代之交，自台港澳文学延展出来的“海外华文文学”开始进入大陆学界的研究视野。而所谓海外华文文学，指的是在中国以外的国家和地区用汉语创作的文学。文学作品的创作者，集中于旅居海外的华人华侨群体之中。换言之，这一朵开放在异域的汉语言文学之花，实际上是移民现象的文化附着物、精神副产品。

据世界海外华人研究会（Overseas Chinese Confederation）2000年的统计数据，海外的华人华侨有3400万之众，侨居于世界140多个国家和地区。自20世纪下半叶以来，华人移民的原籍、身份以及移出的动机、方式、目的都有很大的改变。新一代移民大多在国内接受过完整的教育，总体的人文素养比较好。不同于老一辈纯粹受外力逼迫而离家去国，这一代人多半是主动选择了移民的道路，携带着自幼被中华文化熏陶的印记，漂洋过海，前去追寻那起初或许连他们自己都不很明确的梦想。

然后，他们在无依无靠无基础的异域天空下，锲而不舍，磨砖成镜，用自己的天赋、学识、智慧和毅力开创新生活，打造新家园。在这个过程当中，他们对异质文化观念不断认知不断适应，对自身文化传统不断回望不断反思，同时又从不同角度对二者的优劣异同不断对比不断探求。无论是否功成名就，是否志得意满，这一代人有意识的个人奋斗经验，都因此染上了浓重的东西方文化相交错、相印证、相融合的底色。

他们当中的一些人，选择用永远的母语来表述现实生活场景当中的所见所闻所感，以腕底最贴心的汉字来描画身边的众生相，将移民的生活形态带入了华文文学的文本世界，成为这个群体的代言人。这些作者置身于跨文化围城之内的书写，通过对具体个案的艺术加工，裹挟着深入血脉的“原乡”记忆与纷繁复杂的“异乡”体验，展示出这个群体的精神气质、价值判断与文化品格，标注出自身的属于个体同时也属于时代的特殊记忆，为汉语言文学的本土样态提供了一个风情迥异的参照。

在海外华文文学创作圈里，女性作家占压倒性多数。她们的作品，很大程度上反映出海外华文文学创作的总体水平。随着国内学界对海外华文文学的认识越来越深入，投入该领域研究的学者越来越多，海外女作家们的创作实力、表现及潜能，或多或少地引起了学界的区别观照，但由于种种客观原因的限制，目前国内图书市场上的文本尚不足以体现她们整体性的创作成果与风貌。

当今世界，中华文化对全球的影响力不断扩大，海外华文文学正处在汉语言文学与国际文坛接轨的前沿。为进一步促进海外华文文学创作的繁荣，同时满足国内学界在该领域的文本需求，以《海外华文文学史》、《东南亚华文文学大系》等系列图书享誉海内外的鹭江出版社，由笪林华社长总策划，开始了"新世纪海外华文女作家"丛书的创编工作。

海外华文女作家的群体很大，丛书的海外编委在尽量考虑地域分布的前提下，以定居海外，并在新世纪这十多年来笔耕不辍的女性作者为主要选择对象，推荐她们质量比较好的作品。诸位作者的背景、经历、际遇和目前的创作状态各不相同，文风各异，经过国内专家编委和出版社的联袂推荐、审阅，最终确定了丛书的书目，力图集中展示新世纪海外华文女作家所构建的独特的文学风景。希望借由这套丛书的出版，激励海外女作家们在高涨的创作激情之外，更主动更积极地去寻求去承担她们在世界文化版图上的文学使命，同时向国内学界成序列地呈现海外女性文学现阶段的格局，以推动研究者与研究对象之间良性互动的局面。通过双向互证，双向互补，共同促进汉语言文学超越地域、超越国别、超越种族的繁荣与发展。

江　岚

2015年7月3日于鹭江出版社

一粒沙里见世界，半瓣花上说人情（代序一）

朵拉是马来西亚著名的女作家，多年来矢志不移从事华文写作，成就斐然，曾被马来西亚读者票选为“十大最受欢迎的作家”之一。她尤其擅长微型小说创作，著有微型小说集《行人道上的镜子》《野花草坪》《桃花》《半空中的手》《误会宝蓝色》《魅力香水》《脱色爱情》《掌上情爱》《长短调》《巴黎春天的早餐》《朵拉微型小说自选集》等。她的微型小说淡化情节，诗化语言，深化人物性格特征，通过写意笔墨，表现出幽微曲折的情感本质，风格独树一帜。

微型小说是一种意味深刻的文体，从一个点、一个画面、一个对比、一声赞叹、一瞬间当中，捕捉到了一种智慧、一种美、一个耐人寻味的场景、一种新鲜的思想。可以说，正因为微型小说的简化，才更要求其内在的容量，需要涵纳丰富的意义，表达深邃的思想。而这对微型小说的文字提出了极高的要求，所谓“字字含金”，正是微型小说的特点，也是其比一般短中长篇小说难为之处。朵拉谈到自己的文学创作时曾说：“创作的时候，用心思考和感觉。如何把平凡的故事说得不平凡，除了冷眼热心，更别忽略生活中的‘小’。小东西，小事件，小细节，把一切日常的‘小’放大去看，深入理解。这和我画水墨画的方法一样，小小的一朵花，一只鸟，一颗石头，皆可成为一幅蕴涵深义的图画。”从一朵花中看世界，从一个微笑中见人情，这正是微型小说的精妙之处，而以简练平实却深意内涵的文字去表现这种精妙，则是朵拉微型小说创作的精彩所在。恰如水墨画一样，在黑白虚实浓淡相间的笔墨之中，描画姿势情态，点染大千万物。

朵拉的文字是平静自然的，少见浓墨重彩的渲染和描写，最多是轻轻扫过。你看她写美丽的女人：“章太太长得年轻貌美。眼睛亮亮的，而且眼波流转、顾盼之间，颇见妩媚的女人味。苗条修长的章太太喜欢笑，一笑起来，亮亮的眼睛就眯眯的，一副风情万种的样子。这令她在几个胖太太中，显得格外出色。”（《嗅觉》）没有太多修饰，几句话就活脱脱一个美人儿在眼前，不是“云髻峨峨，修眉联娟”的明艳，却是“犹抱琵琶半遮面”的妩媚，给人留下充分的想象余地。但即使这样简约的人物速写，在朵拉的作品中也是很少的，较多的则是对场景的渲染，且往往处理得简洁从容：“气候渐渐凉了。中秋过后，时常下雨。今天早晨他又是听到雨声才醒来。那淅淅沥沥的声音，似断非断，在耳边不停不停地，像风在细细地嘶嘶吹拂，让他再也睡不回去。”（《不落的太阳》）“那两排树开花时，叶子近乎落光，余下白色或淡紫色的花，开满一树。开花的同时，那薄薄的花瓣在风中颤动着颤动着，一朵一朵随风飘落下来。”（《窗外的风景》）

在朵拉的小说中，你看不到斑驳炫丽的声光色影，也寻不见繁缛雕琢的修饰形容，有的只是清淡的原色调和朴素的本姿态，是生活呈现出的原貌，仿佛一杯清淡的茉莉花茶，绿色的茶叶和白色的花瓣在水中慢慢舒展。但简洁不代表简单，字里行间，总是隐约闪现着人生的感喟和哲思，如水汽氤氲，盘旋升腾，带出缕缕茶香。“唱片是一张黑色的圆盘子，就是那么一张圆圆的、黑色的盘子。盘子上有一条条细纹，一条又一条的，满满都是细细的纹路。唱针放上去，它便循着那一条条细纹转，一直一直，循着那条条细纹，在回旋，回旋。”（《唱片日子》）；“人一直在流浪，因为向往着远方，因为所有的幸福憧憬都停留在看不见的地方。”（《流浪的幸福》）……这些闪烁着思想光彩的只言片语，如繁星一样散落在淡淡的叙事中，使生活显出粼粼的波光，不是冷眼旁观的决绝凛然，不是纵身其中的沉迷沦陷，而是入乎内出乎外的深思熟虑，是对世事人情深有感触而又深切体悟的智慧。这正是朵拉微型小说的迷人之处，不着痕迹地轻描淡写间，已是万千情怀。

作为小说中独特的文类，微型小说具有独立的审美品格，即以简短有限的篇幅涵纳饱满无限的意义。从某种意义来说，微型小说堪称语言的艺术，篇幅微小，字句凝练，立意新颖，结构严密，是见微知著的特殊文体。要在有限中涵纳无穷，是一项并不轻松的工作，对创作者有严格的文学素养要求。朵拉的微型小说如万花筒，旋转之间，既有璀璨光华，也有迷离暗影，映照出世事人情的种种面相，在记事与抒情之间营造出情感绚烂的人性世界。作者在吸取了众多微型小说艺术特色的基础上大胆创新，采用了写实、超现实、意识流等创作手法，在总体平淡清净的风格中化解人事情愁。

朵拉微型小说中总是那些欲说还休的情感，如涓涓溪水，流淌过岩礁小石，一点一滴上心头。这样的情感端的不是惊心动魄、激情洋溢的澎湃热烈，而是沉郁细腻、纠缠反复的百转千回，是将“情”字渗透了的深沉内敛。此情无计可消除，眉头微展，心头紧锁，俗世男男女女的爱恨情愁，凡尘老老少少的恩怨烦恼，都在那些微言之间渐渐飘散。朵拉始终站在热闹的边缘，用一片玉洁冰心，执着地把持着心中的情感灯火，守望着心中那一片纯净的文学天宇。

袁勇麟

2015 年 8 月 19 日于福州

（袁勇麟，现为福建师范大学教授、博士生导师、协和学院院长。中国世界华文文学学会教学委员会副主任、福建省台港澳暨海外华文文学研究会副会长）

反浪漫的浪漫爱情
（代序二）

朵拉，原名林月丝，马来西亚人，祖籍福建惠安，世界华文文学著名作家。朵拉是一位多产的作家，在随笔散文、短篇小说、微型小说、人物传记等方面均有所涉猎，其中小说创作尤见文学功力，著述颇丰。从 1983 年出版的小说集《问情》到尔后的 20 余年，先后出版的 18 本短篇小说及微小说集，内容大多取材爱情和两性关系，并由此传达出对爱情命题的独特见解。也因此，有人称朵拉为“一个把爱情等于生命的全部”的女作家。

一、反浪漫：全息之爱

首先，朵拉反浪漫的爱情观在朵拉的小说中并非呈现出干枯赤裸的说教姿态，更不是漫天爱情悲剧桥段的随意拼贴，而是呈现出一种“全息性”状态。“全息性”一词，始出于物理学家盖柏和罗杰斯发明的新照相技术中，是“全部信息”的简称。以照片为例，一张完整的照片，如果把它撕去一半，还能从一半的照片中获知全貌，甚至将其撕成碎片，也还能从中分析出照片的全貌，这就是这张照片的全息性。本文以此来指称朵拉作品中的爱情观。朵拉作品里的每一段爱情就像被撕碎的照片，在碎片中我们依然可以窥见朵拉完整的爱情观。原因就在于朵拉设计的形形色色的爱情故事，都隐约透着共同的爱情底色。就如同制图中的画笔预设一般，对爱情的图景是预设，变幻的只是爱情所处的构图环境。具体来看，构成朵拉爱情观的预设要素在于相同的源头与质地。

（一）同源：女权意识的觉醒与更新

两性关系作为文学的历史课题之一，在人类社会的发生与发展中长话常新。在母系社会里，女性以繁衍后代的生理优势，有过之后几千年都不再出现的轴心地位，但是，男性在体力、智力方面的优势在人类发展过程中最终成为压倒性优势，随之而来的是原有的两性优势关系被打破，男性中心主义渐渐将女性边缘化。文学的客体是特殊的社会生活，两性关系也就必然隐现在文学创作之中。

从中国古典文学中以对两性关系的探讨为主题的小说创作来看，“才子佳人”的爱情模式几乎是所有故事展开的骨架，在此基础上展开各式各样的爱恨情仇，但在雷同的“有情人终成眷属”的结局中，都鲜明地表现着女主人公对男主人公人格魅力的臣服。这里的女性或许已经具有追求自由恋爱的勇气，但在人格上并没有真正清醒。而在现代文学中，从现代小说开山大师鲁迅笔下的“出走的娜拉”到海派代表作家张爱玲笔下的传奇女子，看似提供了一种反叛“男上女下”传统的恋爱意识，但几乎都在结局处忠诚于既有的强大社会背景，提出改造社会的理想，这是作家的现实主义精神的闪烁，更是时代给予文学的拘囿与本色，并且这种现象在其后的以两性关系探讨为主题的文学书写中并无明显的变化。

1. 女性意识的觉醒

朵拉的文学从爱情出发，她说：“文学是人学，人有七情六欲，文学因此也是情学。如果这个世界缺乏爱情，如果我的生命缺乏爱情，我不知道生活还有什么意义。”朵拉笔下的爱情，从两性关系的探讨中出发，她说：“整个世界有一半的人口是女人，不过，这百分之五十的人口却被忽略，没有发言权，而且受到压抑、欺侮和冷落。两性关系从此成为我最爱探讨的课题。”朵拉对两性关系的探讨从女性立场出发，她说：“我的文学创作，尤其是小说，其实是对男权社会和女性自甘矮化的一种安静的反抗。”因而，朵拉笔下的爱情在对两性关系的探讨中，对女性立场有更为执着的坚守。《十九场爱情演出》以后的微型小说创作，标志着其女性主义文学观的确立，其中微型小说集《人行道上的镜子》《脱色爱情》《掌上情爱》《朵拉微型小说自选集》《自由的红鞋》等作品，更是尽情揶揄和唏嘘女性在爱情中的挣扎与沦落，竭力呼吁女性意识的觉醒。在朵拉的爱情观里，女性在两性关系中更容易沦落，在爱情游戏中更容易缴械投降。《钟摆》中的林佳如，甘愿为爱情变成三百六十五天循着预定轨道做毫无意义摆动的钟摆；《离婚》中的丈夫，对妻子的一切毫无兴趣，二人生活在一个除了柴米油盐之外零交流的情感真空世界，妻子机械地伺候着名义上的爱人而不自知；《酥炸小鱼》中最喜欢吃“她”酥炸小鱼的男友，只不过是为攀上有钱寡妇而忍心割爱的负心汉，金钱打破男子相濡以沫的谎言，也撕碎痴心女子无知的含情脉脉；《衣的颜色》，当“她”还沉浸在失恋的苦海里无力挣扎时，一边传来的是负心汉恃强凌弱的提醒。诸如此类，无疑都是朵拉在爱情的世界里立足女性立场，对男权意识的一种安静的控诉。

2. 女性意识的更新

当然，朵拉爱情观的女性立场并不只呈现为这种平静的歌哭，可以说，这种安静的反抗更接近于张爱玲式的爱情架构。对比之下，朵拉笔下的爱情世界，对女性意识的执着更多地呈现为一种有力的呐喊，在无形之中隐现着朵拉作为女性作家“巾帼不让须眉”的英气，这不能不说是对张爱玲女性立场的继承与创新。正如朵拉自己所言，当她发现自己发表的小说竟然“如此张爱玲”时，她选择尽快抽身，明白模仿得再像也无法超越。这是朵拉在小说的整体风格上的自觉，但其中也无可否认地包含着诸如爱情观、女性意识等文学观念更新与重造的开始。一样的男女情事，一样庸常世俗中的庸常人生，一样爱恨交织的情感纠葛，一样忧伤而意味深长的结局……我们可以在朵拉的爱情故事中找到许多张爱玲爱情传奇的影子，但是二者有着显著的不同。张爱玲的爱情传奇里，两性之间的地位是平等的，男女双方对爱情的失败负有相当的责任，白流苏和范柳原之间你来我往、无伤大雅的爱情攻守，谁也不当真的爱情游戏中，作者批判的视角是平等的。而在朵拉的爱情故事里，作者的立场却是不平等的，虽无声嘶力竭的批判，但这种站在女性立场极尽揶揄的姿态是明显有力的。在《病情》中，对女性性格中的软弱不加掩饰地揭露和批判，在《时代的歌》里，则喊出了女性意识的时代强音："爱一个人，不主动去争取，整天在梦中纠缠不清，这样的歌有什么好听的?"在女性依然有着沦为他者人格化的危险的社会背景下，倘若变成"他"的玩偶却不是"她"希望的，就干脆转身离去，让"往前走出去的脚步没有犹豫"；爱一个人就像寻找一双喜欢的鞋，它不一定是款式最新颜色最流行的那一双，甚至不一定是大小正好的那一双，但是，"我想穿我喜欢的鞋子，不管那是什么颜色，不论它怎么吃脚，那是我个人的事"。可以说，张爱玲是将两性关系的展开作为对人性表现的一种延伸，因而采取的批判立场是中立的，其最终目的在于解释爱情背后世事的虚妄、人性的沦落。而朵拉则不同，她的爱情故事有更加纯粹的意义，可以说，朵拉的爱情观里没有人性考察这样宏观的哲学意味，也可以说，朵拉更细腻地看到两性关系的考察中比人性视角更加迫切的课题——女性意识的沦落。

从现有的两性秩序出发，站在女性立场上看待爱情，这是朵拉笔下所有爱情共同的出发点，是朵拉爱情观反浪漫本质的基本信息。

（二）同质："人必生活着，爱才有所附丽"

在鲁迅的文学创作中，《伤逝》是知识分子题材中独树一帜的两性情感书写，"人必生活着，爱才有所附丽"正是鲁迅"清醒的现实主义"在爱情观上的集中体现。它与本文所要阐明的朵拉作品中的"反浪漫的爱情观"有着相同的质地——爱情来源于现实生活。这种爱情观与对女性主义立场的坚持，共同体现着朵拉理解的反浪漫的全息之爱。如果说鲁迅笔下涓生与子君的情感悲剧，是从反面表现了"爱情倘若脱离社会现实"的后果必然是虚幻爱情的幻灭，那么，朵拉则是从正面更直接地将视角切入现实社会的众生相中去深入解剖爱情，是将鲁迅提出的观点作为先决条件出发来探讨爱情，即任何爱情的发生，无论悲剧与否，首先都应该先植根于现实的土壤。在这个意义上，朵拉的爱情观与鲁迅的爱情观存在某种呼应、继承与发展。

1. 现实面影中的爱情

但是，在爱情与现实之间，鲁迅和朵拉的侧重点又是迥然不同的。比起鲁迅，朵拉的爱情观在文学创作尤其是小说创作中的地位是自足的。在这里，对于爱情中各种命题的探讨是主题，现实社会只作为爱情故事不可或缺的面影呈现出来，它赋予爱情以形态，但无法代替爱情。

从《问情》以来的两性题材的小说创作中，我们可以看到，爱情故事已经成为朵拉文学创作中一种稳固的文学形态，并以这种集团优势使其爱情观在其文学创作中拥有一个自足的世界。这样的世界足以容纳斑驳的现实世界，使得现实世界的种种能在爱情故事的展开过程中正面融入。不同于鲁迅斩钉截铁的竭力否定，朵拉作品中的现实生态以一种点滴渗透的方式进入爱情，并以一种女性独具的细腻的写作策略，悄无声息地将现实世界的种种面目缝合在爱情的缝隙之中，以此来说明爱情的本质是根植于现实世界，而不是仅仅悬于空中的精神楼阁。可以说，在鲁迅的文学世界里，爱情观绝非处于自主的表现地位，更多的是如上所述，将爱情作为展示人的精神状态的一个窗口，最终目的不在于从文学世界中生发出对两性关系、情感纠葛的看法与观点，而是通过爱情来否定现存的所谓的国民劣根性和不合理的社会秩序，因而其爱情观并非是自足自主的。由此反观朵拉的爱情故事，会发现，恰恰相反，社会现实并不以一种先入为主的姿态来否定爱情，而是作为背景衬托着各式各样的爱情。具体来看，现实世界在朵拉的爱情故事中呈现为两种形态：立足社会现实，立足人生真实，当然，这里依然是以上述的女性视角、女性主义立场来表现，进一步体现其爱情观念的全息性、内在统一性。

2. 社会真实

社会背景下的真实爱情，其真实感来源于真切的感受而为一段段爱情铺上的社会众生相。朵拉的爱情故事里，所铺陈的社会现实主要着眼于两处——职场生涯和家庭生活。

首先，朵拉笔下的情感纠葛多展开于都市生活，而职场生涯和家庭生活正是都市女性日常生活的两大分支，女性如何在二者之间取舍，本身就是女性情感生活的一个重要命题。具体来看，二者交织成两种现实爱情状态：第一，职场背景下的爱情纠葛；第二，家庭生活中爱情的失落。当然，因为朵拉笔下的爱情多是不幸，甚至病态的，所以，这里的家庭生活更多的是婚姻之外的同居形式。以小说集《脱色爱情》为例，全集共50篇，以职场生涯为背景的有16篇，其中的《心碎》，那种“落花有意流水无情”的暗恋情节发生在办公室，体现出现代机械式工作方式带来人际关系的淡漠给爱情蒙上的一层阴影。以家庭生活场景为背景的有18篇，如《星光的歌》中，家庭对女主人公的爱情观就有着决定性的影响。正因为从小在家庭中感受不到爱的温暖，导致了她在爱情中不顾一切追求被爱的机会，哪怕对方是有夫之妇。这二者加起来占全集的绝大部分。当然，社会现实对两性关系的影响是丰富而驳杂的，这只是朵拉从已有的感知经验中选取的两个视角。通过对这两个视角的表现，透露出朵拉对爱情与社会现实关系的整体感知。物质生活的日新月异带来的是人们思维节奏的加快，快餐式文化催生快餐式爱情，这才是整体而言的社会现实，金钱、利益、地位，甚至生活中鸡毛蒜皮的小事，都能成为爱情里的变数，这就是社会现实中的爱情。

3. 人生真实

爱情从来不是凌空存在于思想的阁楼，而是必须落实人生各个不同的阶段。朵拉的爱情故事，主要聚焦于生理和心智已经成熟的中青年这一人生阶段。这一视角的选择，包含着朵拉对爱情的独特看法——能勇于直面人生的年龄，才会是真正爱情产生的年龄。人的一生可以粗略地分为生理和心理尚未成熟的青少年阶段，充满激情、活力充沛的中青年阶段和逐渐参悟生命，褪去激情的老年阶段。步入人生的老年阶段，已经褪去追求爱情的勇气，更摆脱了游戏爱情的浮躁，因而在朵拉“悲剧惯例”的创作中，黄昏恋或者老来相濡以沫的爱情不可能成为朵拉创作的主流，其作用仅仅在于从侧面来映衬这不胜重复的爱情悲剧。因此，中青年人生阶段的爱情是朵拉思考现实爱情的重要载体，中青年时期的爱情能更多地保留爱情应有的冲动与激情，也掺杂着更多人性的弱点，也就更接近朵拉爱情观反浪漫的本质特征。这种符合人生真实的爱情观，是朵拉的机智，也是朵拉的敏感。在朵拉的小说中，中青年人生阶段的爱情体现为三种形态：第一种是过去的爱情，第二种是被掩盖的爱情真相，第三种是眼下的残酷爱情。以朵拉小说集《脱色爱情》为例，全集分为三辑。首辑命名为《无痕岁月》，以当下清醒的目光来看待曾经“心焦如焚”的爱情（《心焦如焚》），重温过往那首时代之歌（《时代的歌》），拾起被时光的尘埃掩盖了的过时的信（《过时的信》）……青年时代的爱情总是那么无所顾忌，留下无数或深或浅的伤痛，而时间是最好的解药，也是最佳的醒酒汤，曾经为之意醉神迷的爱恋，在眼下变得真实而现实。第二辑是《百合花蕊》，记录的是遗落在时光角落的爱情真相。杨安敏青春记忆中的暗恋对象，其实只是个记不清她名字的男同学（《暗恋的真相》）；为参加丈夫应接不暇的宴请，反复做同一款过时的蓬蓬头的钱太太，其实只是无法忘怀逝去的丈夫……最后一辑是《分手演习》。将目光投注当下，直面现代青年男女恋爱中存在的信任危机（《味道》）；解剖痴情于已婚男子的矛盾心理（《一个人的日子》）；呼吁女性在病态爱情中应有的决绝（《过时手表》）。

二、浪漫爱情：诗意地和解

其次，如上所述，朵拉从女性主义的立场出发，描绘出爱情的现实质地，这无疑是对爱情进行一种有是非对错好坏的理性判断，这不失为其爱情观中理性的部分。但是，朵拉又不主张全然否定爱情的感性色彩。爱情之所以为人类所魂牵梦绕，并非人们全然理性看待的结果，相反，爱情之所以让人魂牵梦萦，正在于其朦胧的浪漫色彩。因此，朵拉笔下对爱情中是非对错的判断，往往又是诗意的，美的，浪漫而充满感性的。结合上述，朵拉爱情观反浪漫性质的论述，可以得出这样的判断：爱情实际上应该是理性与感性并存，爱情首先作为一种情感而不是一种科学认识或社会认知，往往以感性的状态呈现在我们面前，因而爱情中各种对立和矛盾，都应该在从女性立场出发和承认爱情的现实本质的前提下，以一种"诗意"的眼光进行"和解"。

现在本文将对朵拉爱情观中的"诗意"，即朵拉笔下对爱情的这种浪漫的、感性的认知进行论述。如上所述，这种"诗意"的本质在于寻求和解，在婚姻与爱情之间寻求一种平衡，在传统爱情观念和现代自由爱情中寻求一种平衡，以此诗意地裁决爱情。它起码包括以下三点：第一，用诗意的眼光相信爱情；第二，用真爱的标准去衡量婚姻之外的爱情和爱情之外的婚姻；第三，用感性思维去包容爱情已有的文化传统和孕育中的现代意识。

（一）前提：相信爱情

在朵拉看来，处于赤裸裸的现实世界包围中的爱情之所以应该是一种“诗意的裁判”，首先在于我们相信爱情，相信真爱存在，相信真爱的力量。只有这样，人们才能用能看穿爱情反浪漫本质的眼睛，诗意地看待身边的爱情。同为马来西亚华文作家的朵拉的丈夫小黑，对自己的太太有过这样的评价：“她既肯定纯爱的存在，又认为爱情有它伪善的面貌。”正如他所说的，我们可以看到，对于爱情，朵拉在批判与认同、操纵与演绎之间，并不是否认爱情，爱情作为人类最为精彩丰富的情感，并非可有可无，在朵拉对爱情的极尽揶揄之中，我们看到的是朵拉对于爱情的执着表现与追求。

1. 相信真爱存在

因为相信真爱存在，才极力揶揄，尽情嘲谑爱情。她批判婚外恋中男性的自私虚伪，是在呼唤坦诚相待的两性关系；她嘲笑女子在浪漫爱情面前的迷失，是在期待女性自我意识的觉醒；她感叹被岁月揭露的病态的爱情，是在赞美所有岁月见证下的相濡以沫。正是以这种热心人冷眼旁观的态度，坚守着对真爱的讴歌与赞美，在这个意义上，朵拉自始至终，从未像读者表面所看到的那样戏谑甚至诋毁爱情，而是选择以一种正话反说的叙述方式，传达其对爱情深切而热切的感受。冷漠地撕裂花前月下的爱情幻象，直面残酷驳杂的现实情爱，只是朵拉一种观念传达的策略，最终目的在于传递给读者对爱情的信心，而不是撕碎爱情。从相爱到相守，中间隔着没能释怀的背叛，支撑起婚姻正常运转的是女主人公变心之前“留”下的一颗心。因为真爱的存在而深信不疑，所以决定宽容，只在乎曾经拥有，不在乎天长地久，这也许就是朵拉对于真爱最大的信任吧。(《有一颗心》)

2. 相信真爱的力量

朵拉曾经说过：“如果这个世界缺乏爱情，如果我的生命缺乏爱情，我不知道生活还有什么意义。”所以，在朵拉的笔下，尽管爱情绝大多数呈现为悲剧，却不甚悲伤，直面现实，却不停留于现实。朵拉的爱情观反浪漫，却也能容纳浪漫。

玩弄、放弃、谢绝爱情的人，都不可能真正幸福。如上所述，朵拉反浪漫的爱情观决定了笔下的爱情多以悲剧告终，因而故事中主人公对爱情的态度多是懊恼的。其中一种情感经验常常是：首先，往往是一方轻视爱情，其后，另一方被爱情放弃，最后，双方不得不放弃爱情，当一方的伤痛得不到医治，便谢绝爱情，陷在失恋的泥沼里苦苦挣扎。比如，在物欲横流的社会现实面前，寡廉鲜耻的陈经理不惜用自己的老婆，色诱自己的老板来获取利益，最终不过使自己成为金钱的奴隶罢了(《戏正上演》)。

伤了，痛了，始终相信爱情的人，才能收获幸福。并不是所有人都会自甘堕落，任由情绪掌控，总有一些人生的智者，能透过点滴阴暗，望见无限的光芒，能从失恋的苦海中挣脱出来。这种情感经历中，可能由于一方的真心缺席或者双方都未认真而导致恋爱中的一方或双方身心俱疲，但伤过痛过，他们仍然相信爱情，对迟来的更加真挚的爱情充满期待，所以他们的生活充满希望。爱情悲剧的设定，使得朵拉笔下被爱情伤过、为爱情痛过的人物比比皆是，但是这些人往往失望而不绝望，看透却不看破，这样我们才会理解，为何苏素玲在经历了有妇之夫何志平的欺骗和玩弄之后，仍然执着于爱情，认为“那些从来没有心焦如焚过的人才是最可怜”。(《心焦如焚》)

（二）爱情到婚姻之间

其次，在朵拉笔下的爱情世界中，爱情是与婚姻紧密联系在一起的，可以说，婚姻和爱情共同搭建起了朵拉探讨两性关系的框架。在钱钟书的笔下，“婚姻是爱情的坟墓”，这是历来文学家们在论及婚姻时最经常出现的论断。显然这是一种二元对立的思维，它一方面用婚姻来否定爱情，另一方面又用婚姻来限定爱情。反观朵拉笔下的婚姻与爱情，如上所述，朵拉是以一种和解的姿态来看待婚姻与爱情的，在她的笔下，爱情和婚姻并非“围城内外”的关系。首先，不用婚姻来否定爱情。爱情走入婚姻后是否失去活力是否走向死亡，取决于婚姻双方的经营。其次，不用婚姻来限定爱情。爱情超越婚姻，需要我们用真爱的标准去加以衡量，而不是一味否定。爱情走向婚姻的围城，不一定就走向死亡，却可以走出城外。

1. 婚姻之外也有爱情

在朵拉的笔下，爱情悲剧是爱情世界中的主角，而婚外恋又是爱情悲剧中的主角。古往今来，婚外恋是文人们极力嘲讽的对象，他们笔下，所有的婚外恋不仅为人所不齿，而且往往起源于肉欲的蒙蔽，少有的情不自禁的婚外恋，也都只是一时冲动的结果。而朵拉的作品中，虽然也有不少是为满足肉欲而发生的婚外恋，但是朵拉的视野并没有局限于此，她笔下更多的婚外恋只是“机缘”对人事的嘲弄结果。她说过：“恋爱应当在一个适当的时候挑一个适当的人，要不然，就会制造一个忧伤无际，也许动人，但很凄楚的爱情故事。”（《演绎爱情的另一种方式》）因此，在朵拉的爱情故事里，大多数情况下，至少有一方在这场婚姻之外的任性放纵中付出真心，甚至双方是真心相爱。以真爱的标准而不是以道德的规范来衡量婚外恋，这也是朵拉爱情观的诗意所在。因为相信真爱，所以对这种情不自禁有所原谅。“事实上，每个女人都在寻求生命中最甜美的爱情，没有一个女人愿意在别人的婚姻和家庭中混淆不清，扮演被人轻视和辱骂的角色，无论那段婚姻是否已经败坏或者幸福美满。”（《病情》）此外，因为从女性的立场出发，所以，朵拉多从反面展现婚外情，以男性出轨爱上一个单纯信仰真爱的纯情女子为故事框架。对于这种婚外恋，朵拉的态度既是批判的，又是同情的，以一种怜悯的眼光看待这些不被真爱眷顾的女性，并由此来鼓励女性自我意识的觉醒。朵拉的笔下也不乏从正面肯定婚外恋中存在的真挚爱情，《星光的歌》《来一杯中国茶》《等待的肩膀》《演绎爱情的另一种方式》中的爱情，无一不是婚姻之外的情真意切的厮守。

2. 婚姻之内的爱情需要经营

如上所述，婚姻无法圈出爱情的界限，哪里有真心的雨露，哪里就会有爱情的滋长，没有婚姻附加的责任与道德，婚姻之外爱情生长的空间隐蔽而狭长。反过来，婚姻之内的爱情，生存却更加复杂。可以说，在婚姻的环境下，上述所论的一切驳杂的现实矛盾都会被无限放大。首先，婚姻爱情合法化之后，爱情中的双方不得不直面彼此，两性关系可变化的空间也愈加逼仄。此外，家庭作为社会单位，生存其间的爱情就必须更加直接地面对社会和生活。正如朵拉笔下所呈现的那样，结婚之后，热恋中情意浓浓的两性关系可能会慢慢僵化，甚至最终僵死为没有报酬的“雇佣关系”（《无关情事》）。因此，走进婚姻的爱情并不意味着修成正果，而意味着经营，爱情始终是人生中一项与余生等长的事业，这时候只有真爱显然是不够的。于是朵拉为我们打开了在婚姻中经营爱情的另一扇门：自我。费尔巴哈有言：“爱，就是要成为一个人。”在婚姻中，爱情的最佳武器不是用法律和道德为它建立起一座座坚固的城堡，不是将所爱之人围困在自己设计的剧情之中，也不仅仅是为对方付出自己所有的时间和精力，更重要的是保持个体独立的人格魅力，保留住最初熔铸了爱意的对彼此的吸引力。在这里，朵拉已经超越了女性的立场，对于女性意识的始终强调带有了一种策略意义，最终指向的其实是超性别意义的人格独立。有人曾经说过，爱一个人是从找到自己开始的。《方向》中，李芳华可以为爱吃着陈光辉喜欢的素食，但不见得能用这种自我牺牲守住爱情。在朵拉笔下的爱情世界里，一个人只有先寻找到自己的方向，然后才能登上爱情的航船。一旦有一方在爱情里迷失了自我，那么另一方也就失去所爱的对象，最终只爱上自己。实际上，在爱情的航行里，最好的人格转态应该是李芳华想起的那句歌词："你有你的，我有我的方向，你记得也好，最好你忘掉……"

（三）传统到现代之间

最后，朵拉爱情观中的浪漫色彩也体现在，她努力地在华夏族传统文化中的爱情观和现代意识孕育的爱情观中寻找一种平衡。朵拉曾经说过，她的文化之根在中国，在传承中华文化的同时，也接受大马文化。对朵拉而言，传统体现在作品中，就是其中所蕴含的华夏族价值观念及其整体的精神体系。但是，随着 20 世纪 70 年代马来西亚迅速工业化的现实带来的现代工业社会中自由意识的传播，这种古今相传的文化传统渐渐被淡化，它与大马本土化的现代文化浪潮相互交融。这种交融体现在朵拉的爱情观中，有两种表现模式：首先表现为从女性立场出发，在传统的忠贞爱情意识和现代意识的自由爱情观之间寻求一种和解；其次是在中国传统的佛教文化影响下的随缘意识和资本主义文明感染下的自我选择精神之间寻求和解。

1. 忠贞爱情与自由爱情

在两性关系上，朵拉从中国古代宗法人伦体系的家庭伦理中借来"忠贞"意识，但是，朵拉笔下的忠贞爱情又绝非传统的等级森严、践踏人性的婚恋秩序的简单再现，而是在其间有机融入了现代意识中的自由爱情理念。忠贞，作为两性关系共同秩序的象征，是爱情中一种理性的存在；自由，作为个体生存的精神需要，是爱情中一种感性的存在，而朵拉的诗意就在于力求在二者之间寻找一种平衡。这种传统与现代的相互妥协，体现在传统的“忠贞意识”由原来的历时形态的绝对忠贞，转向共时形态的相对忠贞。所谓历时形态的绝对忠贞，是指延续几千年的中国传统的封建婚恋观——“从一而终”。作为一种最原始的忠贞观，它如今仍以一种心理结构的形式存活于人们共有的文化意识形态之中，也是朵拉所极力反对的。但朵拉并未全盘否定这种传统，而是从中提取出积极的要素——坚守，并将其与现代观念中的人格自由意识相互融合，从而产生一种全新的，即所谓的共时形态的相对忠贞。这种全新的忠贞观既肯定对爱情矢志不渝的坚守，又能谅解在时过境迁、物是人非的境遇下适时改变初心，“从一而终”不是忠于唯一的一个人的一种情感模式，而是忠于客观现实下的真实情感。

在《如果这不是故事》中，我们可以看到朵拉对上述经过取舍与更新的忠贞观的深刻传达。故事讲述的仍然是一个悲伤的爱情故事：心有所属的女主人公许安敏，在顶头上司糖衣炮弹般的爱情攻势下，仍然没有放弃对男友坚贞纯洁的爱情。显然，在这里，朵拉首先肯定了这种对爱情的忠贞与坚守，但话锋一转，面对男朋友的意外离世，失去现实基础和心理支撑的爱情，在上司再次的情感攻势前不堪一击，许安敏住进了用金钱砌成的城堡。故事戛然而止。作者留下一个开放性结局，选择不去裁定许安敏是否应该获得幸福，因为在朵拉心里，许安敏并没有错，没有人可以强求一个人死守一份再也得不到的爱，活着的人就应该努力抓住眼前的幸福。由此可见，朵拉的忠贞观应该是一种共时的、相对主义的忠贞。面对爱情，人们应该忠贞，但应该是一种客观现实允许下符合人性的忠贞。

2. 随缘意识与自我选择

佛教作为中国传统文化的重要组成部分，对朵拉影响颇深。她在受访过程中曾经说过自己深受佛教影响，佛教解释了她心中对于生命的疑惑。事实上，佛教解释了朵拉对生命的疑惑，也就必然为她对两性关系、人类情感问题的探讨带来启迪，这种启迪就是体现在朵拉爱情观中的随缘意识。佛教讲究随缘，缘生则聚，缘灭则散，人在缘分面前不应有妄想和贪恋，不应该去强求和控制，既不是去主动做什么，也不是被动地做或不做，而是在现成因缘条件下做可以做的。朵拉说："有爱就有遗憾。"爱情之所以必然留有遗憾，就是因为缘分未及，强求不来。这种缘分情怀可以说体现在朵拉笔下的每一段爱情之中，因而每一段爱情总是悲剧收场，却又不甚悲伤，而是释怀。这种缘分情怀，在朵拉以中国传统的"茶文化"为表现对象的爱情故事中有特殊的传达。以《来一杯中国茶》为首，有《雅文化》《碧螺春》《杯碎的声音》《茶花落地》《伤心的时候》等，形成一系列的"茶意象"。茶之为物，产自高山，汲天地之气，纳甘霖之雨露，配以一瓢清水流泉，飘散沁人心鼻的芳香，收获一份顺应自然、无欲无求的洒脱。这些或是阴差阳错的爱情追逐，或是物是人非的短暂爱情，或是无奈机缘的婚外恋情，都消融在这杯中国茶中，结果往往是错过即遗憾，放过即宽恕，爱对了执着，爱错了割舍，爱过了祝福，体现出爱情观里的随缘情怀。

应该看到，朵拉的"随缘"意识，并没有因此否定现代意识中的自我选择精神。如上所述，随缘并不是在缘分面前逆来顺受，等待命运的安排，而是在现成的因缘条件下作出取舍。人不该强求不属于自己的缘分，但人可以学会放弃自己眼前不尽如人意的缘分。在存在主义者看来，存在先于本质，人的存在就是一个不断选择的过程，不断超越来自于他者的安排。而在朵拉这里，爱情中的选择同样来源于人的存在，为了存在，为了拥有真爱，人必须不断选择，摆脱不尽如人意的命运安排，重新选择自己的爱情。这种对已有缘分的选择，朵拉在作品中通过对“物”的选择的思考，进行了深刻的传达，包括选择自己的鞋子（《自由的红鞋》《找一双鞋》《不合脚的鞋》），选择自己的歌（《时代的歌》），选择自己的发型（《头发心事》），选择自己的口味（《冷菜》）……选择是首要的爱情命题，人总是首先经过选择，才能进入爱情的大门。选择一双适合自己的鞋和选择适合自己的伴侣一样，是两难的过程，拿起了华丽光鲜，就可能不得不放下自然舒适。选择的同时意味着放弃，选择是困难的，困难来自于放弃的代价。爱情也是如此。朵拉认为，高跟细跟、尖头方头、款式颜色，都是借口，无疑是在说，高矮胖瘦、年龄距离、性格不合，都是借口，真正要找的鞋不过是自己心里喜欢、身体接纳的那双，真正要寻的另一半不过是恰适心怀的那个人罢了。

三、结语

朵拉自言：“文学是人学，也是情学。无论小说、散文和诗，描写的都是人，都是情。”但朵拉笔下的爱情自成特色，其中所体现出来的爱情观是一种辩证的爱情观，一方面，朵拉的爱情观既从女性立场出发，以清醒的态度带我们领略爱情的现实本质，另一方面，朵拉的爱情观里又从未轻易掩盖爱情的浪漫色彩，在朵拉的笔下爱情又是诗意浪漫的。或许在现有的两性秩序中，在斑驳的社会现实和堕落的人性面前，爱情是残酷的，但朵拉又执意让我们相信爱情，并以一种温和的眼光去看待爱情。

何燕娜

（何燕娜，福建师范大学文学院现当代文学专业在读硕士研究生）

目　录

那日有雾

“你是在考验我的气度吗？” 当她这样问的时候， 她有些惊奇自己为什么还能够微笑。

他没有回答。

她不好意思看他， 怕他尴尬， 更不要他为难。

她把头转过去， 看玻璃门外的大雾。

今日有大雾。

天气预报没有报告， 是突然来的大雾。

他们曾经在山上遇过大雾。

当日山里一片晴朗， 那个时候他们才刚刚开始。

也许应该是， 她才刚刚开始。

之前他给她电话， 给她电邮， 她不放心上。

她心里有别人。

坚持两年多， 他终于把她心里的那个男人驱逐出境。

从别人那儿夺了过来， 得来不容易， 再加上， 在所有的女人中， 她花了他最长的时间， 他因此格外珍惜。

格外珍惜，也有时限。

所有的罐头外边都印着保质期。半年，一年，两年，三年，保质期若超过三年，拿罐头起来仔细阅读的消费者会骂“神经”。

罐头食品竟然可以保存三年，谁知道添加了多少防腐剂？谁还敢吃？

幻想中的永恒，不在食品，在爱情。

可是，爱情也有保质期。

人的性格很难改变。这叫本性难移。

她当然听过。

但她当时没有想到未来会发生的事。

一个人要是每天提醒自己，人一生下来就是朝着死亡走去，那样的人生也太没意思。

事实是，生命的路上，所有的发生都会过去，都会消失。

爱情一如人的肉体，最终也会消亡。

因为如此就不要开始？

充满了绝望的日子，要怎么过下去？

何况，刚开始的爱情，总叫人陶醉迷恋，像蒙雾的风景，若有似无，朦胧之美，多一重境界。

那天他们在山上遇雾，感觉正是如此。

山上的餐馆刻意把咖啡厅设在酒店后边，坐着喝咖啡时身边姹紫嫣红、苍翠欲滴、鸟语花香。遥望山下绮丽的风景，整个城市和大海都在视线里，有居高临下的宏阔视野。

户外的咖啡厅种植很多不同种类的花，大都是爬藤类植物。女人就是那样的花吗？自己无法独立成长，必须攀附在其他大树或者柱子上，才能生长繁茂花开灿烂？

那被攀附的大树和结实的柱子，是爱情。

女人要有爱情，才能够绽放盛开。

从山上眺望山下，市区里一些醒目的大厦，比如著名的银行高楼，政府办公大楼，时常经过的中心街道，便清清楚楚展现在眼前，那些平日非常熟悉的地方，又是另一番光景。

任何事情都应该从多个角度去观察和思考。

对人也是一样。

时常在一起的人，我们以为非常了解，突然发现不是。一如每天走得好好的楼梯，一级一级往上走，没想到突然一个踩空，人还没有跌倒，心先掉了下去。

心掉下去的感觉，比身体跌倒还可怕。

如果预先知道会踩个空，她还愿意爬那楼梯吗？

除非楼梯上面有非常吸引她的东西。

非常吸引她的是什么？

和所有的女人一样吧，只有爱情。

付出的时候，就是在爬楼梯。

一级，一级，一级，越来越靠近了，突然，意外的一个踉跄，人掉了下去，或者说，滚了下去。一个回神，发现自己又回到楼梯下。

不知所措。

甚至站不起来。

太痛了。

不知道哪里受伤，不知道究竟发生了什么事，但就是痛。

从身体痛到心里。

痛让她考虑，她还要不要从头开始爬楼梯，同一个楼梯。

“你是在考验我的气度吗？”当她这样问的时候，她有些惊奇自己为什么还能够微笑。

他没有回答。

她不看他，怕他尴尬，把头转过去，看玻璃门外的大雾。

今日有大雾。

天气预报没有报告，是突然来的大雾。

看着雾，少有的烟雨朦胧的天气，极少行人打伞，大家似乎并不在意小小的雨，在雾中行走，步伐和平常一样紧张匆促。

她回过头来，看他。

他没有出声。

他什么也没有说。

然后她才发现，她的问题，其实还在自己嘴里，并没有提出来。

是不敢？

是不要？

也许，答案早就在她的心里。

没有听到，正如没有见到，可以表示不存在吗？

她想起山上的咖啡厅那大雾中的爬藤。雾里看花，永远多一层迷蒙的美。

“你是在考验我的气度吗？”她依旧在心里提问，却仍然没有开口。

她想，等问题出来以后，便是拨开云雾的时候吗？

找一双鞋

鞋架上满是七彩缤纷、款式各异的女鞋。

“这里应该找得到。”她充满信心走进去，仔细挑选。

“这个，这个，都要6号。”叫售货员拿两双过来试穿，她坐下来。

明知不会满意，却在难以拒绝美丽诱惑的心态下，选了一双高跟鞋。

双脚一套进去，不过是三寸高吧？才走几步路，便不禁叹息、妥协：“真的是太高了。”

29岁以后，她已经不再穿细高跟鞋，不是不晓得苗条女人穿细高跟鞋的绰约风姿。

报纸杂志上频频推广、游说、怂恿：“女性的柔美、优雅气质散发在一双细高跟鞋上。”刊登出来的广告图片充满吸引力，鞋子的造型好看，穿鞋的女人明丽，一双小腿尤其修长光滑。

她曾经做过傻瓜，受了诱惑，抑制不住，逛商场时，选了一双大家看见都称赞它“充满女人味”的细高跟鞋。

结果是上一天班下来，脚后跟破皮、出血，痛苦一个星期。

当时的男朋友小李是福建人，用闽南语嘲笑她：“爱水（美）不怕流鼻水。” 已经忘记了，是不是为这句话而吵的架分的手。

眼前这双镂花尖头鞋，看着非常漂亮时髦，穿起来一定赶得上潮流。

她脚一探，试走几步，马上摇头。

这鞋后跟略高，但低过两寸吧？不过，行走的时间一长，所有的重量都拥到脚趾头去，五根脚趾头一起被挤在一个窄小无比的空间里，让人非常难受。假如买下它，岂不自讨苦吃？

事实上她曾经穿过类似的尖头鞋，男友阿明不以为然：“又不是演阿拉丁神灯，搞什么嘛！这种鞋是上舞台演戏才穿的啦。” 她对说话时不顾人自尊心的男人缺乏好感，再加上有一次和同事去喝咖啡，偏偏遇见阿明牵着一个年轻漂亮的女孩，态度极亲密。她不想面对他们，低头，却看见那个女孩子穿着一双阿拉丁神灯似的的尖头鞋。她完全可以体会到年轻女孩脚趾挤成一堆的痛苦。

见她皱眉摇头，反应敏捷的售货员马上拿出一双方头鞋，跟是粗的，约一寸高，从外表看，既笨拙又粗鲁，虽然一脚穿进去，感觉里边很舒适，但她连站起来试走一步也没有，就说不要。

刚刚分手的前任男友志伟，见过她穿这款鞋，问她：“这是在男装部买的吧？”

她又恼又恨，不只对志伟，也对这款鞋。为什么男人开口都是没礼貌的居多？说话直接表示为人坦诚老实？言辞虽然不需过于伶俐油滑，但至于要一出口便伤人吗？难道他们不知道这是属于教养的一部分？

今天出来是为了要换双新鞋，没想到摆在鞋架上的鞋子看起来款式多姿多彩，真正仔细观察，却跳不出那几种。

“太不幸了。” 除了男人的口齿伤害，还有好友秀玲的嘲笑，“没想到你的男友个个都对你的鞋子如此重视。”

叹一口气，她站起来，打算到另一间鞋店继续寻觅。

离开前，她听到背后两个售货员的对话。

“真难侍候！”

“可不是。”

“试了那么多，没一双是她要的。”

“简直是来开玩笑的嘛。”

“她到底要找什么样的鞋子？”

她想告诉她们，什么高跟细跟、尖头方头，所谓的款式不合，不过是一个借口罢了。

她心里真正要找的，是一双，可以走向幸福的鞋子。

分手的卡座

她刚坐下，就听到：“我们分手吧。”

声音就在耳边。

她是一个人从酒店走过来的。

约会地点不选在酒店的咖啡厅，是因为这里有卡座。

“我们分手吧。”

这会儿她听清楚了，声音从后边的卡座传过来。

“A 餐。”她随手指着餐牌。根本不为吃而来。

她也不晓得这个时间段应该叫什么餐，早餐太迟，午餐太早。

手表告诉她，他迟到了。

他迟到了，这并不是需要分手的原因。

一个男人，从提前到，到守时，到迟到，可见他对她已经失去耐心。

第一次相偕到香港旅游，他带她到这老旧餐厅，说：“这才是正宗的香港茶餐厅。”

然后指着那些像火车座位一般，前后有片隔板的座位，告诉她：“这叫卡座。”

在他口中的“老旧”，在她眼里却很新奇：“这卡座很有意思，看不到前后座的人。香港人很尊重个人的隐私。”

“是呀，卡住。”他用手做了一个CUT的手势，“不让别人看到你。”

不过，如果讲话的声音太大，前后就能很清楚地听到。

“我们分手吧。”

说话的是男人。

他也是一个人吗？为什么对自己说话呢？

如果还有另一个人，为什么没有人回答他呢？

她很想站起来偷偷望一眼，可是，知道了又怎么样？

很多事情不知道比知道好。

如果不是因为知道，她也不会想到要和他分手。

他说的话，她从不怀疑。她完全相信他。

当她发现的时候，她决定和他分手。

心碎，是因为他辜负了她对他的信任。

他时常到香港来出差，因为他的公司在香港有分公司。她没有想到的是，他的爱情在香港也有分公司。

她这次专程到香港，是为了证实他手机里的短信并非如他所说的：“我对她才没有一点意思，是那个女人自己在发花痴。”

证实了，知道了，有什么好处？

“我们分手吧。”

声音又来了，她实在忍不住，站起来，探看隔壁的卡座，空无一人。

那声音，难道是来自她的心里？

她颤抖了，一开口，声音也颤抖：“好，我答应你，我们分手。”

这本来就是她约他出来的原意，但是，话说出口以后，她的眼泪却汩汩流下来。

卡座前边的男人，难以置信地左顾右盼，等待的女人还没有来，却听到了她的回答。

真的吗？就这么轻易分手了？

两个被卡座卡在两边的男女，各自在黯然。

分手，到底是谁的愿望？

阻止咳嗽的糖

她的皮包里长年有一盒糖果。

有时候她拿出来，坐在她身边的朋友惊奇地睁大眼睛低声问："咦，你吃糖？"

或者是唯恐天下不知地高声嚷嚷："哇！你不怕胖吗？"

似乎人过三十就不该吃糖，似乎中学时代开始到现在体重依旧只有四十五公斤的她身型过胖。

她不解释，只是微笑地打开盒子，静静拿出一粒沾着糖粉的软糖，含在嘴里。

室内冷气过寒，或是感觉有点口渴的时候，她的喉咙就会提醒她。

如果没有一颗糖，咳嗽马上便过来寻她。

不过，她后来便发现了，其实没有任何一个朋友对她的糖果和吃糖的原因感兴趣。

人群中，集会时，看起来仿佛非常热闹的场合里，她一直有一种无人了解的淡淡惆怅。

"真像个小孩。""喂！幼儿园的小朋友！""你不认为这是幼稚的行为？”“吃糖？ 像长不大的孩子呢！”“见过很多爱吃酸梅的女人， 糖嘛……”

久之， 她的糖果里累积着朋友们的诸多误会， 但她还是一颗一颗地吃下去。

生命里本来就有许多挫折和哀伤， 再加上每个人一有空就堆砌着无人了解的砖块， 一道厚而高的墙渐渐砌起来， 坚实地成为隔离心灵交会的障碍。

她有时会随口问身边的朋友：“你也来吃一颗吧？”

没有人伸过手来， 都是回答：“谢谢， 我不吃糖。” 或者大笑：“不不不， 十二岁以后， 我就没吃过糖了。” 或者嘲讽：“什么？ 糖？ 你以为我还小？”

吃糖， 都被视为小孩的心性， 是一种幼稚行为。

甚至还有人夸张地叫道：“哎呀， 你不怕得糖尿病呀？”

因此， 通常只有她自己一个人在吃糖。

每次朋友聚集聊天， 那种想要咳嗽的念头和感觉就益发强烈。 尤其是朋友在说一些诽谤和伤害他人的话， 以及认识与不认识的人的是是非非的时候， 她都要赶快拿出那盒糖果， 含一颗在嘴里， 起码可以阻止那快要咳出来的一口痰。

而且她已经学会先找一个合适的借口：“我喉咙敏感。”

“哦。” ——谁也没兴趣深究。

大家都在忙碌， 没完没了地闲聊， 像工厂的机器不断地重复和继续， 还把从前说过的话拿出来扩大和补充。

在社会丛林行走日久， 发现许多复杂的人事， 皆是由闲不下来的舌头搬弄、“搅拌” 出来的。

一群人坐下， 往往把那几个没出席的人的里里外外“拎” 出来大肆评论， 真假不计， 虚实不论， 反正用以配茶下饭都很开胃。 而刚刚离席的人， 往往马上被在座的人“放” 在口中， 说是论非， 结果都没人要/敢/

想离开聊天的椅子。

她不想成为不在场的人， 她只能不断地吃糖。

人家只是问：“咦， 你怎么都不出声？”

她就作出一副忙碌地在忙着吃糖的样子给大家看。

不过， 因为老是在座， 到目前为止， 还没有人把她提出来讨论。

她长年在吃糖。 大家都没空， 都忙着东家长西家短， 没有人察觉她咳嗽的毛病。

她的皮包里长年有一盒糖果， 虽然她并非真正爱吃糖果的人。

衣的颜色

隔了一段日子，她回头去看，觉得自己非常可笑。

尤其是在无意中和他重逢以后。

她曾经读过一篇小说，叫作《误会宝蓝色》，读完以后，她才发现，原来爱情有时候也仅仅是一个误会。

误会的爱情，下场注定是分手。

那天她到城里酒店的咖啡厅，是赴陈泽明的约会。

陈泽明约过她很多次，都被拒绝了，她不想在一个不能弥补的爱情之后马上又奋不顾身地投入另一段不知长短美丑的感情。

爱情像一段冒险的传奇。

没有爱情，喝茶吃饭聊天都变成毫无意义，食不下咽在这个时候最明显。

但是陈泽明具备异常坚持的屡败屡战的精神，总是耐心地微笑着在一旁沉默地等待，期盼她心回意转。

这是感动她的最主要的一个原因。

另一个原因是，挣扎了许久的她听从了冷静下来的自己的劝告："不能活在过去，要是再不忘记，再疼再苦就只是自己一人了。”

终于明白自己的愚不可及。幸好，恍然大悟：唯有抽身而出，才是放过自己，能够全身而退的方法。

为一个负心的男人痛苦难当，犹如在忧伤、凄恻的大海中游来游去，就是游不上岸。

无人的时候，夜晚躺在床上的时候，脑海里都是他，过去所有的镜头一个一个像电影画面，在心中重复上演，往昔的绚丽变成今日的讽刺，观众只有一个人，就是她自己。这样一想，眼泪即刻失去控制，掉落不停。

哀伤像没有季节的花，喜欢什么时候开就什么时候开，她根本无法掌握，也不能制止。

沮丧的情绪一直困扰着她。没有人了解她，因为她没有向身边的任何人吐露过心事。

在颓然失意的时候，她宁愿自己承受内心的惨痛和压力，也不愿意做出惹人耻笑的傻瓜行为。

这个时代，这个社会，表面上嘻嘻哈哈的朋友多的是，但谁和谁真正交心则有待商榷。一群朋友聚在一起，热闹喧腾，身边吹来的冷气却冷飕飕的毫无暖意。

寂寞有时候不是痛苦，却是一种比痛苦更深刻的感觉。她分明是经过一番细细的思考后，才在众多男人中选择和他在一起，结果仍然是一则沮丧悲哀的失败故事。

这份失望格外怆痛，她本以为永恒不变的爱，原来只是梦中的痴心妄想。醒来回忆，只记得他那张离开太久而冷却了的薄薄的唇。

陈泽明仿佛明了一切，在她最伤感的时候，开始约她。

“乘虚而入”不是好的字眼，但他在这时候却带给她无限的安慰。

终于像含羞草一样，她重新张开那被触动后便关闭的叶片。

“你笑起来很好看。”陈泽明对她说。

“真的？” 她微微地笑。

尽管埋在心底的创伤没有那么快痊愈，尽管她的心情仍是在退潮的时候，但她感谢陈泽明的尽心费力。一个男人愿意对一个女人付出他的努力，这使得她久违的信心重回到身上。

“这样很好。” 陈泽明点头：“我喜欢看你的阳光笑容，感觉友善亲切。”

“每个人的笑容都是亲切的。” 她说，轻笑。

灿烂的笑容消失在他朝他们走过来的刹那。

“嗨！” 他像什么事也没发生过一般，嘴唇还是像从前一样，薄薄的，打个招呼以后就抿起来。

似乎完全不记得，先背弃感情的人是他。

先挥手的人，总是先忘记。这也不是什么稀奇的新鲜事。

她没有站起来，只是冷冷地点头。

他在她和陈泽明的桌边站着，突然开口说：“啊！你今天这套衣服真好看！”

用一种其实是应当陌生却又故作熟稔的态度，她倏地想起这件鹅黄色的衣服是他买给她的。

她一向不喜欢黄色，觉得是一种炫耀的颜色，是给爱出风头的人穿的，但他偏偏最爱黄，说黄色“明亮、热情”。

刹那间她心里有一种豁然开朗的喜悦，感谢他无意中的提醒。

她决定回去以后，把从前的旧衣服都整理出来。那么久都没去买新衣，总要给自己添几套款式不同的衣服，甚至换一下颜色。

“再见。” 他像一阵风走过，带去了他们之间的美好和哀愁。

“等一下要去买几套新衣。” 她对陈泽明说。

“好！” 陈泽明什么也没有问，“我陪你。”

这回她打算去选购的，是她自己想要的款式和颜色。

烈焰红唇

她看着饮料送过来，而他还没有来。

侍者把红色的饮料放下。

色调和初次喝的那杯没什么两样。

她吸一口，咦？味道不太相似。

“烈焰红唇。”他替她叫的时候，她一听，略吃惊：“什么？”

“这饮料的名字呀！”他说，有点促狭式地笑。

那个时候她没用吸管，直接就着杯子喝一口。

看她喝下红色的液体，他充满期待地问她：“怎么样怎么样？”

看他一副紧张的模样，她笑起来：“什么怎么样？”

唇边沾着红色的火龙果汁。她用纸巾抹了抹唇，纸巾亦印上红色。

“烈焰红唇啦当然是。”

“烈焰红唇？”她突然想起他曾经说过的话，“你别使坏。”

“我哪有？”他的笑容却仿佛别有深意。

他含笑的鲜红嘴唇犹如女性，令他不论紧闭嘴巴还是张嘴说话时，都一副很温柔的样子。

“怎么你的嘴唇比我的还像女人？” 他吻了她，她才发现亲吻是一种享受。在这之前，她不是没有男朋友，但他的吻，给她的感觉非常不一样。

于是她问他这个问题。

“我是烈焰红唇呀！” 他像在开玩笑，然后嘟着嘴问她，“不是吗？不像吗？你看你看，像不像？”

她笑他的稚气表情，一副在撒娇的小孩模样。

“是是是。” 她其实很喜欢看他的孩子气模样。

“那么红的唇！” 赞赏的话说得倒像是遗憾。

确实是遗憾身为女性的自己，竟没有鲜红色的嘴唇。

他红色的唇，柔软湿润，让人吻着吻着，很容易陶醉。

那个时候，永远准时约会。

时时约她到这里来，叫“烈焰红唇”，请她品尝。

当她爱上了“烈焰红唇” 以后，他们的约会仍然在这儿，这里是他们的老地方，这里有她喜欢的“烈焰红唇”，但是，他越来越不准时。

也许他已经忘记了，但她还记得，记得他曾经跟她说过：“这‘烈焰红唇’，只属于你，属于你一个。”

她抽出吸管，把一杯‘烈焰红唇’ 一口喝光，嘴巴全变红色了，连上唇都染了红色的泡沫。

擦过的纸巾，也有一层深红色。

到底为什么，红色会有如此强烈的感染力？

当时不是因为他的烈焰红唇而爱上他，但是，是为了什么呢？

想了很久也没有答案。

爱情没有理由。所有关于爱情的资格、条件，全是在还没有爱上时才会存在，爱上了以后，不必再去细想。

“爱就是爱。” 他的理由。

可是，为什么爱上了，约会反而变得不准时？

有一个朋友告诉她：“与人相约是一个承诺，如果不能准时赴约，就是没有履行承诺。要是连一个简单的约会的承诺也不能遵守，我不相信，这样的人会遵守一个长达一生的承诺。”

当时她听得有点胆战心惊，因为她知道，说这话的朋友已经发现她的心在转移阵地。

看着‘烈焰红唇’在冰块融化以后颜色淡得看不出红色的时候，她终于明白之前的那个朋友的痛。

她曾经不准时赴约，现在他不准时赴她的约，理由都一样。

所有的人对不准时赴的约会，理由都一样：因为对那个约会毫不重视。

答案如此简单易懂。

为什么她要还继续思考？为什么不站起来走开？

对绝望的事物存着希望，无疑是在让自己变成可怜的人。

她还要继续可怜自己吗？她还要继续让自己可怜吗？

“烈焰红唇”已经喝光了。

她不再等待，招手唤来侍者，结了账。

不落的太阳

其实阳光并没有真正照进房间，是窗帘拉得不紧，斜斜的光穿过布与布之间的细缝，折射出一道明亮。

他仍然躺着，和温柔的光线对视。看到外头越来越亮，阳光逐渐转为凌厉时，竟很高兴地坐了起来。

天气渐渐凉了。中秋过后，时常下雨。今天早晨他又是听到雨声才醒来。那淅淅沥沥的声音，似断非断，在耳边不停不停地，像风在细细地嘶嘶吹拂，让他再也睡不回去。

但要说是让雨声吵醒，却也不对。自从退休以后，往往不待天亮，他就醒转过来。

总是自动醒来，像已经睡饱了似的。醒来以后，躺在床上不动的他，开始听到各种各样的声音。隐隐约约，有的从远处，穿过几间屋子，钻到他的耳朵里，有的就在房门外，诱惑他出去瞧。远远传来的是角落那间人家养的狗的叫声吧？清晨就高吠几声，接着又低低地呜呜呻吟。到底是因为有人经过才叫，还是它在孤独地低诉它的寂寞？一夜没人，它在树下跑来跑去，在庭院里走来走去，孤独带来的寂寞，像它脚上、肚皮、身体粘到的狗尾草，贴在身上，走动的时候，一下一下刺痛，应该是难以忍受的吧？微亮的天光，促使它开始呼朋唤友。

从前在办公室里，他的身份是董事，朋友无须相约，总是一个接一个，每天的晚餐约会排得满满的，谈生意说股票商量新的投资计划。大家都很兴奋忙碌，从没想过退休的事。

然而，没有想到的是，一退下来，不在位子上，朋友逐渐都不再来了。

他们也不是躲避，只是各自都有各自的忙。

他要学会的是适应。

就在门外，厅里的椅子和桌子在说着什么呢？一夜无人的清冷，令椅子和桌子也感叹寂寥。他明明听到说话的声音，可是家里没有其他人呀，厅里仅有桌子和椅子。等他真正侧耳倾听时，那些叽叽喳喳的低语声却又消失了。

这些黎明前的嘈杂声音，是他在退休前从来不曾听过的。

那个时候，晚上应酬多，迟归晚睡，早上总起不了床。闹钟一叫，马上伸手按掉，不让它继续响，身体根本不想离开被窝，心里在计算时间。等到不得不爬起来时，马上冲到浴室洗刷换衣。吃过早点，匆匆开车，恨不得路上所有的车子都开快点，别塞车。身为公司董事，总要以身作则。在车上，开着收音机听新闻。老是来不及看报纸，平日要和朋友、客户沟通，起码要听几则重要新闻。多年训练，他早就明白，一天里需要的是：一则国际新闻，一则国内要闻，一则娱乐消息，一则体育消息，一则股票新闻。不必深入，因为没有人当你是专家，但全要知道，聊起来的时候，才有话题可以继续、拓展。他的人际关系不错，人人都觉得他好像什么都懂，其实是现炒现卖，却也如鱼得水。因此他的朋友特多。

现在，他每天从报头看到报屁股，每一个字，仔细地，阅读，没有人分享或讨论。读过的报纸，随手掷在沙发边，人倚在沙发上，半睡半醒，有时候让自己的鼾声吵醒自己。

他打开大门，一轮火红的太阳已经升上天空，那么耀眼夺目，好像它昨天并没有落下去一样。

每一天，冷冷的寂寞和热热的太阳一样，也好像没有落下去。

窗外的风景

咖啡厅在二楼，经营咖啡厅的人和喜欢喝咖啡的人都不介意。大家爬楼梯上来，为享受芳香醇厚的咖啡味道。

他们喜欢靠玻璃窗的位置。开始的时候，没人留意外面的景观。彼此看着对方的脸孔，仿佛看足一天还嫌不够。两个人都在忙事业，见面最多是选在喝咖啡和吃饭时，约会时恨不得多看对方一眼。

有时候她先来。她不在乎等待。现代男女之间，再无女的端架子男的必须先到这回事，也不关乎两性平等不平等的问题。她的工作，面对电脑的时间太长，且是在家办公，说得好听，是SOHO一族，可是常有用眼过度导致的毛病，比如流眼泪、眼皮跳、眼睛酸痛甚至发炎。医生告诉她，离开电脑的时间长一点，便是对她的眼睛多一点慈悲。然而，女性经济独立的今天，能够不必工作吗？她跟医生点头说“好的”，却没告诉医生她难以办到。

早来，非为等他，也不是急着见他，而是在二楼靠近玻璃窗处，可以看到马路上有两排绿色的行道树。“那叫美人花，台湾人这样唤它。”台湾大学毕业的朋友这样说。她问为什么。那两排树开花时，叶子近乎落光，余下白色或淡紫色的花，开满一树。开花的同时，那薄薄的花瓣在风中颤动着颤动着，一朵一朵随风飘落下来。

朋友说："你看它不像美人吗？"

朋友说的是美人的命运吧？

她时常幻想自己是个美人。可是，如果美人的命运要像这一排行道树一样，风一拂过，就无法控制地颤颤地掉下来，未免太悲惨了。命运美比人美更重要吧？

花和树终要分离，花和土终要相遇。花掉下来难道是为了拥抱大地？这里四季并不分明。当花快要掉光时，又见新芽萌出，嫩绿的叶子从枝干上长出来。花和叶无法共处，不知道为什么。花再开，却不再是原来那些花。生命原本如此。林黛玉叹花离枝，是在叹自己的命运。今天，女性的命运不再被别人掌控。这花落花开，皆为自然现象。

等待的人，一直没有出现。她静静地看着窗外的花，还有树下快步行走的路人。路人往往没注意身边的花和树。街上的车速很缓慢，车子太多，没有办法快。有时听他骂政府："老说要解决塞车问题，建议很多，花了好多民众的钱到外国取经，已经换了几个交通部长！如果说没有好的人才从政，那是看轻了人，只能说没有好的办法。"她晓得他在嘲讽，便只是笑。有时候，他说的话很好听，也有些话题，她接不下。

车子慢的好处是车祸少吧？慢行的车当中，她看到他的车了。有点失落的心顿时踏实起来。啜一口咖啡，她看着他的车停在咖啡厅门口的泊车位。他真幸运，竟然有个空车位在等他。

从车子下来的人，除了他，还有司机旁边的女人。她看见他对着女人说话，说什么她听不见，可是，从他的手势看，他似乎是对女人说，到对面的餐厅等他，他马上就过去。

她怔了一下，身子下意识往后缩，怕他在楼下看见她，知道她看见了他和她。其实，这茶色玻璃，外头是看不进来的。

他为什么把其他女人也带到这里来呢？而且就在对面的餐厅？难道他

不知道她从楼上往下看会看到他们吗？ 这里是他带她来的地方， 这个座位是他选的， 他们长期在这里约会。

她的视线从玻璃窗转向咖啡厅的门口， 看见他推门进来， 她有刹那的失神。 他照样笑得清朗朗的， 似乎什么事也没有发生， 也没有什么事快要发生一般。

“嗨！” 他打了个招呼， 坐了下来，“咦， 在看窗外呀？” 他问， 和过去一样微笑， 没有丝毫不同。

这时， 她突然想起， 是他告诉她， 从这里可以看到外头的树、 花，还有楼下停车的地方。 当时他说：“要是你先到了， 注意看停车的地方，就可以看到我来了。”

他来了， 和别的女人一起来， 选择她看得见他们的地方停车， 下车，约会。

告诉她美人花的朋友说：“你那么纵容他， 老是等他， 最后只会宠坏他， 他不会珍惜你的。”

她听他带着笑容说：“我有急事， 要马上走呢！”

原来他不是来看她， 或赴她的约会， 也不是来道歉。

他只是带那个女人来给她看。

素色的母亲

她把衣橱打开，里边的衣物多为黑白两色，当中夹杂两三件蓝的和灰的，只有两件花的，也是以黑和白作为底色。她想不起母亲何时穿过花衣。母亲的穿着，从她有印象开始，不是黑，便是白。

关于色彩，她一向钟爱缤纷鲜艳的颜色。也许长年累月看着母亲的黑和白，下意识产生一种逆反，她对素色衣物一向排挤反感。她从小叛逆，青春期尤其不听话。母亲初时对她管教严格，几年过后，骂得累了，索性沉默。她步入社会就业后，思想开始成熟，逐渐了解，一个母亲带着一个女儿生活，并不容易。

母亲在十九岁时爱上父亲，怀了她，只好结婚。父亲后来另有所爱，父母亲最终离婚。失败的婚姻令母亲害怕女儿年纪轻轻谈恋爱、结婚，更担心她会步其后尘。

母亲单身后，不只衣服色彩素淡，生活亦是。在家里帮人做账，极少出门，没有朋友。她外出工作后，花花世界令她眼花缭乱，也使她同情母亲生活的单调。她曾建议母亲“有空时去找邻居或者亲戚朋友喝茶聊天”。

"没有关系。我已经习惯了。"母亲淡淡地说，不知道是安慰她还是安慰自己。母亲从事会计工作，其中有一个刘老板，外貌不丑，如一般普通男人，外形稍胖，就是中年男人的样子。当她发现他时常借故不走，陪母亲聊天时，她立刻给他脸色看。敏感的母亲马上和刘老板断了来往。

寂寞孤独的母亲，眉中总有一个结，她却没有听过母亲有一句怨言。她也从未站在母亲的角度和立场为母亲着想，她只担心她的朋友嘲笑她。她希望母亲交朋友，但不是男的，那会引来很多她承受不了的闲言碎语。

收入宽裕，家里经济条件好转后，她带母亲去逛商场购物，要给母亲买衣物，母亲总是拒绝，说："我不需要。"

前两年，她发现母亲每天不停地整理衣橱，她看不惯，忍不住询问。母亲回答："日后不要给你为难。"她没有仔细去思索母亲的回答，只是把她的行为归结于人老了以后的一种怪癖。

据说人老了，会有种种令人难以理解的怪癖。明珠的妈妈是不停地煮菜，一听到哪个儿子或女儿回来，就开始大煮特煮。现代人以少吃作为减肥瘦身的基本行为，明珠的妈妈不理，仍旧习惯煮那些既油又咸的菜肴，摆得满满一桌，却没人要吃，往往搞得一家人吵架收场。李国成的爸爸更难以让人接受，他喜欢踩单车。本来以为他把踩单车当成运动，那对老人家也是很好的事。没有想到李爸爸每天早上六点出去，八点多回来，就蹲在院子里，把收集在单车后边、肮脏的垃圾进行分类。李国成抗议多次，皆不成功。老人家说那些全是可以换钱的杂物。李爸爸把垃圾仔细分类，一包一包的纸皮、旧报纸、空罐空瓶或者旧衣服等，堆得一院子。

别人父母的怪举动，令她觉得自己的母亲并不算难以容忍，不过是超爱整理。母亲的其他用品也和衣物一样，少之又少，整洁地搁放在衣橱里。

母亲生前，她给母亲买洗脸霜、洗发露、洗浴精时，母亲都选小瓶装。她略感诧异。母亲生活节俭，从前老买大瓶装，说比较便宜，还说比较环保。 她当时想不通近乎吝啬的母亲为什么后来改了。

衣橱里叠得整整齐齐的素淡衣服， 几瓶快用罄了的梳洗用品， 干净地排列着， 这就是母亲全部的生活。 这也是母亲生活的全部？

素和淡， 就这样过了一生。 素和淡， 原是人生追求的真味， 可是， 母亲， 就这样过了一生？ 她终于明白母亲时常重复的不想给她添麻烦的意思。

简洁的衣橱， 简单的日子， 简朴的生活， 这是母亲的无奈， 或者是母亲的选择？

母亲对生命到底有没有要求？ 等到她懂得同情母亲的时候， 竟然已经来不及向母亲提问。

黑白的衣服是她今天身上穿着的， 她是在为母亲戴孝。 眼前这一橱黑白的衣服， 是母亲的。 直到今天她才明白， 母亲为了她， 一生都在戴孝。

谁说真话

午餐时间，董莉莉问黄姿韵：“见过我们经理了吧？”

黄姿韵点点头，说：“是的。”

黄姿韵来上班前，面试她的人是人事部的陈主任。来上班后，足足一个星期，出国半个月的刘经理才从英国回来。

“怎么样？”董莉莉微笑地问：“谈谈你对刘经理的印象。”

黄姿韵想一下，摇头：“不知道。”

董莉莉大笑：“什么叫不知道？”

像她这样一个刚离开学校的女孩子，说真话怕伤害别人，说假话又出不了口，说门面话则还不习惯。

“告诉你，”董莉莉用大姐的口气说，“人呢，是不可貌相的。”

黄姿韵点点头。

“虽然我们刘经理人长得不是很英俊，但是，他对员工的态度，真是没话说。”董莉莉称赞。

“怎么说？”黄姿韵觉得好奇。

“你刚出来工作，所以不知道。”董莉莉老气横秋地说，“许多当经理的，对下属都爱作威作福，刘经理就不同。”

“哦？”黄姿韵的好奇心更浓了，“怎么不同？”

“刘经理最关心员工，员工的福利总是挂在心上。你如果对工作、对同事的态度有不满，可以向他投诉，他一定会为你解决。”董莉莉微笑地说。

“真的？”黄姿韵在心里庆幸，她放心而且高兴地笑了。

午餐时间，黄姿韵和何慧真一起吃饭。

“你见到刘经理了？”何慧真问。

“嗯。”黄姿韵昨天才听到董莉莉说了一大堆刘经理的好话。

“他有没有说什么？”何慧真问。

“有啊！”黄姿韵点点头，“刘经理说，在这里工作，有什么不满意的，可以向他反映，他可以帮得了忙的，一定会帮。”

“你相信？”何慧真冷笑地问。

黄姿韵一怔，不知道怎么回答。

“世界上有那么好的上司？”何慧真不屑地撇撇嘴。

“但是，”黄姿韵想起董莉莉赞不绝口的话，继续说，“刘经理不是最关心员工的吗？”

“是的，”何慧真点头，然后说，“刘经理最关心年轻貌美的女职员。”

黄姿韵张大了嘴。董莉莉口里的刘经理，和何慧真提到的，好像不是同一个人。

何慧真又加了一句：“尤其是刚进公司来，对他的为人还不了解的女职员。”

“他不是把所有员工的福利都挂在心上，对员工好像自己人一样的吗？”黄姿韵把听到的话重复说了一遍。

“自己人？”何慧真笑起来，“如果你不年轻，如果你不美丽，那么你就是外人了。”

黄姿韵说不出话来。

“姿韵，我劝你小心一点。”何慧真警告她，“我们的刘经理是色狼！”

究竟谁说的才是真话呢？

为了一口饭，出来工作，可是现在，对着面前的这碗饭，黄姿韵感觉吃不下去了。

我爱郑多多

我姓郑， 我有一条狗， 名叫“郑多多”。

那天我把狗带回家， 是她离开我一周年的日子。

她从前说：“你这个人呀， 我要是离开你， 不用一个月， 马上身边就有别的女人！”

我有如此风流吗？ 我没有争辩， 心里微微生气。 她把我看得太扁了，随便什么女人都能入我的眼吗？ 但我不舍得说她。

后来她不是解释， 而是忧虑。 她总说：“你对女人这么好， 人又好看， 那些女人不会放过你的。”

我没有解释， 我以为她应该明白， 她的担心是多余的， 别的女人与我无关， 在我心里， 她与众不同。

狗到了家里， 对陌生的环境吠几声， 就乖乖坐下来， 两个眼睛滴溜溜地转。 儿子和女儿开心地跑过来， 争着抱它， 说“我要我要”。

后来， 他们忙功课， 我每天早上带它去跑步。

远处的山是深浅相间的蓝， 近一点的是葱郁的绿， 太阳在蓝色的山后边， 不是想象中的一点一点上升， 而是“卟” 的一声就冲上山头。 红霞满天，映得草场中间那一面平静的湖水也熠熠生光。

跑步过后，我坐在湖边的长椅子歇息，多多就在我旁边，昂起头，陪我看朝阳。金色的阳光洒在多多身上，原本白色的毛变得金光闪闪。

她有一头卷卷的长发，有一天，她问我："我去染金色头发好不好？"

"不好！"我叫道，"我不要金发女郎。"

她开心地笑："你自己说的呀，你不要金发女郎！"

前一天晚餐，酒店餐厅进来一个金发女郎，我多看一眼，她就吃醋了。

"乱吃醋！"我笑她。她皱鼻子，一手捂嘴巴："好酸呀！"眼睛眯成一条线。

美好快乐的日子，我以为永远不会过去。

太阳越来越高，湖水白花花的，虽然不至于让人流泪，却灼得人眼睛不舒服。

我叫多多："走吧，回家了。"

多多听话地跟在我身边。

它刚到家里时没有名字，老婆说叫它"来吉"，英文正好是"LUCKY"。两个孩子还没出声，我说："不要，古代皇帝不准有人跟他同名字。"

"你又不是叫'来吉'！"老婆不高兴她的建议被推翻，她一向自认为是家中的皇帝。

我叫它"多多"。

她离开我之前，说："我是多出来的，我叫多多。"

当时我在接电话，同生意伙伴谈重要的事情，没有注意她说的话，挂了电话，我说："多多很好听呀。"

她听了，眼睛水汪汪的。她的眼睛一直是水汪汪的。

朋友笑我，哪有狗还有姓的，"多多"就"多多"，干吗叫"郑多多"？

我为什么要跟那些什么也不知道的人解释呢？

我姓郑，我有一条狗，名叫"郑多多"。

有关孙子的早晨

每天早上例行公事，一群晨起慢行的女人在晨运过后，徐步走到对街的咖啡店吃早餐。有人笑说，不如不晨运。慢行不到一个小时，过后吃粉吃面喝茶喝咖啡，还不是照样累积脂肪和胆固醇。说得好像脂肪和胆固醇可以自慢行中消失一般。确实也有人如此相信，所以才坚持晨运不辍。

来晨运的更多是退休人士。已不再需要上班，倘若不懂安排时间和节目，一天漫长的二十四个小时要怎么度过呢？相约晨运和早餐，不过图个群聚时段，早餐结束后，大家回到各自的家里，无一例外，都是面对一栋空房子。

爱喝咖啡的李太太啜了一口咖啡说：“学校放假，孙子们回来就好啰。不然，一间房子空荡荡的。”

“可不是，”陈太太回应道：“小孩的嬉笑声，有一种充满希望的愉悦在空气中流动。”

“少文艺腔啦你。”何太太笑，把手上的筷子停下来，“我也喜欢孙子回来。不过，他们真吵！一回来，屋子就满是嘈杂的声音，连电视声都听不到。”

有三个孙子的刘太太不甘落后，茶也忘了喝，在一边抢着说："我的孙子们不只吵闹，还什么都要争，有时候一颗糖果也不相让。"

"小孩子就是这样的啦。"陈太太的咖喱面来了，讲究吃热食的她这回不急着吃，补充道："我们看起来没有用的东西，他们也争得脸红耳赤。"

"是啊，"何太太摇头，"我的孙子呀，给他们贵的玩具还不要，反而对那些免费的或不值几个钱的小东西，比如玻璃珠子啦气球啦，争个不停。"

"嗨嗨！各位，各位，"没有孙子的马太太问，"怎么张太太今天早上没来晨运呢？"

其实马太太早就发现张太太没来，但她一向不太喜欢张太太，她认为张太太爱炫耀，一点小事就嚷嚷，夸张的语气和态度令人反感。不过，当大家都在谈孙子这个话题的时候，马太太无从插嘴，备受冷落的感觉使她只好搬出张太太这个话题。

"是呀，"何太太顺着马太太的话题，问，"张太太今天早上为什么没出来呀？"

住在张太太隔壁的陈太太微笑地说："咦？原来你们不知道呀？"

大家用疑惑的眼神朝陈太太探询。

"张太太的媳妇昨天晚上生产了。"

"哦？"大家好奇地向陈太太打听，"男的女的？"

"听说是孙子啦。"陈太太回答，"张太太很开心呢。她喜欢男孙呀。"

"这个时代，孙子孙女不都一样吗？"马太太不以为然。

"是一样，"陈太太笑，"不过，张太太说，第一胎生男孙，比较放心啦。"

"什么放心？"

"有个男孙继承香火啦，以后生男生女就都不重要了。"

"张太太的头脑怎么那么保守？"何太太笑。

李太太也笑："是啊，平时还说男女没有差别。"

“落伍的思想是很难被洗脑的。” 马太太冷冷地嘲笑。

早餐过后， 各自回家。

马太太没等儿子下班， 直接打电话到他办公室， 语气极不耐烦：“喂！你说一说， 你和你老婆， 到底什么时候才要生？”

雨还在下

明明是晴朗的蔚蓝天空，出门时炽热的阳光刺得她眼睛都睁不开，谁知一坐进计程车，毫无预告的大雨便倾盆而下。车子的雨刮似乎有点毛病，刷一下，停一下，速度很慢。她有点担心，问司机："这样——你看得见路吗？"

话没说完，司机便不高兴地大声回答："再大的雨我都看得见。"

她没出声，自己苦笑。这个时代流行沟通的艺术，也许她应该去学习。

雨水不断洒下，又被迟钝的雨刮刮去。车倒是开得很慢。这个一下雨就堵车的城市，司机想开快车也没机会。车子被堵在路上，打伞或不打伞的行人都步履匆匆。

待会儿抵达目的地，要交代司机停在有遮蔽的地方。出门前，她化了淡妆，还换上一件新买的上衣，头发也是昨天黄昏特地赶到美发店做的。一夜睡不好，因为老担心头发会被压扁。

看着行人在雨中急急赶路，她突然想起，去年认识余的时候，也是一个下雨天。

那天到乐龄中心去。年轻时她喜欢唱歌，却没有机会学习。那个年代，谁也没有机会，缺乏资讯，找不到老师。其实，当时除了到学校求学，基本没有人去学什么现代人所谓的娱乐、自我成长这些课程。

后来，适婚年龄到了，结婚。——不结婚，大家看你的眼神都怪怪的。是亲戚介绍的，没跟他出去过，甚至连手也没牵一下，就成立家庭了。果然如亲戚所言，他是一个好男人，不烟不酒不嫖不赌，出门工作，回家阅报，不良嗜好一概全无的好男人。她的口中无法吐出任何怨言。喜欢唱歌，成了心里的一个秘密，没人知道。静静地，在家做个好太太。

好男人去世了。

女儿说，妈妈不要成天关在家里，应该出去找朋友。

结婚以后，家庭、孩子为她筑起一道围墙，她一个朋友都没有。这样的日子过了几十年。

后来女儿说："不行不行，现在有乐龄中心，你去那边学一些什么，跳舞啦，插花啦，烹饪啦，都可以，重要的是多认识些朋友。"

余，倒不是在那里认识的。

思想非常开通的女儿，一直鼓励她交朋友，还明白地告诉她："妈妈，要是真的有好的对象，不妨考虑再婚。"

"你发神经呀？"她骂女儿。

"一个人，日子多寂寞呀！"女儿非常了解，且承认自己无能为力，"我自己也很忙，没法陪你。"女儿有自己的工作和家庭。

到了老年才有机会和时间去学唱歌，她倒没想到。

教唱歌的是一个年轻女老师，从英国回来，人很漂亮，而且心地善良，对他们这些老人很有耐心。

"你们真难得。"老师说，"肯学习，而且努力。"

她感觉到学习的快乐。"你进步很快哟。"老师时常让她获得成就感。

那天正要到乐龄中心去，计程车停在对面，司机说要赶时间去接孩子下课，让她自己过马路。天下着雨，她打一把伞，左看右看，就是过不去。

到乐龄中心已经有三四个月时间，从没发现这条路的车子如此繁忙。

打着伞站在路边好久，她手都酸了。

余也打一把伞走过，停下来，文质彬彬地说："小姐，你要过马路？前边有人行天桥。"

小姐？她吃惊地望着余，又看看自己身后，没有别人，那么是叫她啦。

多少年没有人唤她"小姐"了。

余说："要不要一起过去？我要到对面的乐龄中心去学唱歌。"

从前她听人家说缘分什么的，都不相信，但是，在这样的情况下认识余，让人不得不归于缘分。要是那天她没去乐龄中心，或者计程车司机载她到对面，或者路上的车子没那么多，或者余不是正好经过，这一切就都不会发生。

司机把车停下："到了。"

"哦。"她付车费，下车。非常好的兆头，车子停在有遮蔽的地方。她刻意的修饰和打扮没有被雨水淋湿、破坏。她微笑地走进餐厅。

余坐在里面。见她进来，余站了起来。她就是喜欢余的细心和礼貌。

一切那么巧。余的前妻已逝，留下一个女儿。他到乐龄中心，也是受女儿的鼓励，要他多交一些朋友，不要成天闷在家里。

她叫来余喜欢的菜。交往一年，她知道余喜欢吃什么。

余在电话里约她，说有重要的事与她商量。她在电话这头拎着话筒，心怦怦跳，仿佛听到自己心跳的声音。毫不犹豫答应余的约会，直觉告诉她，余的"重要事"，很可能是求婚。

菜上来了，饭也来了。他们吃饭，聊天。她觉得余有点怪怪的，无论神情还是语调。不过，她很了解，人在作一个重要决定的时候，不免会有点怪异。

一顿饭吃下来，她的态度和口气都充满鼓励性。但余一直没有切入正题。

吃剩的饭菜、碗碟都被侍者收走，水果上来了，余仍不提什么重要的事。她忍不住，不再转弯抹角，直接问："你说有事和我商量？"

余一愣，缓缓地说："是的。"他没有继续。

向来不是玲珑剔透的角色，但她已明白有什么事情不对了。

与其让余开口，她心想，不如自己先说。她真佩服自己这个时候还能够笑一笑才说话："我应该先告诉你，我的女儿，她反对我再婚。"

非常清楚，余的表情即刻整个放松下来，眉毛一扬，嘴角向上，却又马上沮丧起来："为什么这些年轻人都那么自私？"

余没有把整个事情坦白相告，一句话已让她明了他的苦衷。

"没关系。"她的笑容变得苦涩，她也不打算再掩饰，"就这样也很好。"

已不需要再问余，他要说的是什么，转过头看，外头的雨还在下。

下雨的日子会是什么好日子呢？

黑衣爱情

这么多年过去了，他始终忘不了那一天。

在街道旁，在宴会上，要是看到黑衣女子，他就会下意识多看一眼。

他当然明白，她们都不会是她。

在深夜里，他会突然从梦中醒来，看着身边轻声打鼾的妻子，然后深深地思念她。

总要想起她说过的梦："我梦到我们最后还是分手了。"

他喜欢看她天真的微笑，虽然她已经不是天真的年龄，但她的单纯令她的眼睛和表情永远那么可爱。

说这话的时候，她没有笑容，她的眼睛充满悲伤。

他安慰她："梦和现实永远是两回事。"

她摇头："如果梦是美好的，那梦就和现实相反；如果梦是悲伤的，那么梦就是真实。"

"不不不！我们不会分手的！"

他说的是他当时的感觉。

她仍然摇头："所以我今天穿了黑色的衣服。"

他怜爱地看着她，日渐消瘦的她，穿了黑衣服，显得更加弱不禁风。

“哀悼我们逝去的爱情。”她说完，眼圈便红了。

“你这个傻瓜。”他心疼地拥她入怀。

她有一个充满幻想的脑袋，里边有着奇奇怪怪的想法，是他从来没有想过的，有时候，他觉得自己并不了解她。

他同她提过，但她不在乎：“我要的并不是了解，我只要爱情。”

是的，为了爱情，她可以付出一切，包括她的生命。

她在他的怀里摇头：“我不是傻瓜。”她抬眼望他，“我只是爱你，不能自已地爱你罢了。”

这就是她的傻气。明知道无望，一开始就晓得没有结果，却仍然一头栽了进去。

他对她说：“我们的爱情永远不会逝去。”

说完，他的眼泪差点掉出来，他用力地吻她温暖湿润的唇。

从她热烈的反应中，他非常明了她对他的感情。

他没有再解释，纵然他和李琳结婚，他对她的爱情也永远不会消失。

而他不能再继续隐瞒。

“婚期已经定了。”他坦白地告诉她。

仿佛突然听到病重的坏消息，她的脸色倏地转为苍白，而神情是虚弱的。

已经是三年前的事，说好李琳一回来两人就结婚的，他不能做一个不负责任的男人。他和李琳都是穷苦人家出身，在中学时代相识、相爱。李琳为了让出国的他安心念书，毕业后到社会上工作，每个月省吃俭用，省下的钱寄给他当学费和生活费。

他回国后，为了报答李琳，轮到他来工作，送李琳出国念大学。婚约是两个人订下的。忘恩负义不只别人看不起，连他都会鄙视自己。

遇到她的时候，他一再提醒自己李琳的存在。

他们都清楚他们之间还有一个人，但还是相爱了。爱情没道理，也没逻辑。

无望的爱，那份焦虑感加深也加速了他们爱情的发展。听到李琳要回国的消息，她才惊觉他们的爱情道路已经走到尽头。

每天着一袭黑衣，“因为黑是悲伤、阴暗的颜色。”她说，笑容隐逝。两个人见面的时候，她神情恍惚，让他心疼。

他被她的哀怨影响，心情沉重不堪。在感情和理智的冲击下，他无所适从，但他没有想到，她竟然以死来面对他和李琳的婚姻。

“不要为我伤心，我追求重于生命的爱情，失去爱情我活不下去。也许有人认为我是愚蠢的，但我清楚地知道自己在做什么。”

挥别年少岁月以后，他再也不曾掉过眼泪，一直到她的死讯传来。

李琳什么也不知道。

假如他和李琳结婚，对李琳是不公平的。

因为他对李琳的爱情已经变质了。

他决定坦诚相告。

和李琳一起来的，是一个高大英俊的外国男人。

带着歉意的笑容，李琳介绍：“彼得·李斯。”

“非常抱歉，我考虑了很久，也和彼得商量过，我们决定向你道歉。我和彼得即将结婚。”

命运总爱开玩笑，人生总是充满遗憾。

他怨自己，怨李琳，就是无法怨她。

三年后，他和别的女人结了婚。只不过，在他脑海里，永远有一个女人。

他的妻子，从来不穿黑衣。而他看到穿黑衣的女人，总要多看一眼，虽然明白，她们永远不会是她。

衣服的往事

车子停在交通灯前，她转头看着车窗外。路旁的电线杆，有件衣服挂在那里，像平常人家在屋子外头晒的衣服一样，只不过它是悬在更高的半空中。

红色的衣服，缀着点点碎花，是女人的衣裳吧。风吹雨打令它褪色，残旧的红色难以成为视线的焦点。它随着黄昏吹拂的风在晃动，仿佛没有重量。就是这份摇晃，吸引了她的视线。

褪了色的衣服仍在极力招摇，好像在尽最后的努力再引人注目一次。

她的车上，也有件红色衣服，还装在袋子里未打开。透明的塑料袋里，那红色光彩四溢，喜气洋洋的颜色非常讨好。说来没人相信，她从前竟不曾试过穿红色衣服。

前两天，被同事莉莉拉去听一个形象设计师的演讲。年轻美丽的小姐，着紫红的衣，图案抢眼热闹，缤纷似春天。皮肤白皙的形象小姐说：“黑白不是色彩，只是基本的底色。”

这话异常新鲜，穿过她的耳朵直达她的心里，惊醒了她。原来，这几十年来，她穿着没有色彩的衣服。

坐在台下听貌美的形象小姐演讲，感觉小姐全身有一股迷人的魅力散发开来。有人忍不住开口赞赏。

“因为打扮，”形象小姐笑吟吟地坚持，“打扮非常重要。古人的话可以流传到今天，表示没说错，‘佛靠金装，人靠衣装’。”不断强调打扮的小姐，实际年龄应该比看起来的年龄大。在台上始终笑意盎然，颜色在她身上发亮，炫目而不觉恶俗。

对于黑白的固执，始于年轻时的叛逆。向来厌恶黑白的父母要她穿红着黄，绚丽明亮的色彩却进不了她的心。

多年后回想，才明白自己是为了反对而反对。

青春是本钱，无需依赖明艳色彩的辅助。岁月流去花样的年华，再想回头把夺目的颜色攫取回来，风霜却已经掩盖不住。

“尝试，不断地尝试。”笑眯眯的形象小姐强调，“选一些亮色、艳色，穿起来，心情也会跟着发光。”

“没有所谓年老的颜色。”她柔和的语调里产生一种力量，“年纪大了，就得穿老人的颜色？这话针对过时的落伍人，不是你，不是你们！只要适合自己的肤色，年龄完全不是障碍。”

年龄完全就是障碍。起初她根本没有想到两个人之间的可能，然而，办公时间，不论她去到哪里，他都跟在她的身边打转。

莉莉说：“我看他是爱上你了。”

“你别乱说。”她口中否认，心里却有一丝甜泛开，显示在她上扬的笑盈盈的嘴角。

“我是旁观者清。”莉莉哼一声，“大家都看出来啦，不只是我。”

“怎么可能呢？”

“怎么不可能？”莉莉举例，“你没看那某某和某某某，还不是男的比较年轻？还有谁谁谁和谁谁，人家照样牵手去旅游呀！”

“很多人要说话的。”她听过太多类似的是非和传言。

“时代不同了。”莉莉好像在鼓励她，“只要恋爱中的两个人觉得适合、投契，不关其他人的事，管别人怎么说！”

社会现象是一回事，但在生活里，大家认同的，反而是那些不认识的影视明星或歌星。明星与众不同的行为，虽然大家津津乐道，却不会投反对票；而亲戚朋友间一涉及两性话题，尤其是稍为出格，和其他人略有不同的，大家聊起来就会特别兴奋，流言蜚语不断。

她不愿意自己的生活成为人家嘴里的“下酒菜”。当初和刘在一起，就闹得沸沸腾腾，大多人表示不屑：“那么年轻，怎么可能爱个老男人？”

于是有人提到某个诺贝尔奖获得者的婚姻，一个是82岁的男人，一个是28岁的女人，于是有冷冷的声音从中间插进来：“要是那个男人不是诺贝尔奖获得者，要是那个男人无名望无经济能力，还有女人靠近来？根本不可能，他只能空想。”

幻想中的爱情，和现实中的爱情总要起冲突。

爱上刘是她当时的强烈感觉，外人根本不相信。

这一点让她觉得可笑无比，分明是当事人自己才清楚的感情事，外人却认为他们是旁观者清。

这一份与别人无关的感情，偏偏就有许多“热心”人士，一直，不断地放在嘴巴里咬着嚼着。终于有一天，他们的爱情被咬破嚼碎了。

这时候，大家反而放过他们，而逐渐将话题转移到其他人身上，不甘心放手的人变成是她。

后来她也明白了，心不甘情不愿，不过是一种傻气的心态，流泪哭泣，则更是傻气透顶的行为。

所有人的不相信对她都没有造成伤害，唯有刘的怀疑。

刘居然坦白告诉她，两个人年纪差距太大，他不相信她是真心爱他。

风更大了，她看见树叶在空中飘荡，然后掉到地上，而那件褪色的衣服，仍兀自在电线杆上飘摇。

真叫人不能置信，再大的风也吹不走那件没人要的衣裳。

事情过去了，爱情并没有过去。

也许应该这样说： 刘的爱情过去了， 她的爱情仍在。

她和刘分手了。

刘说：“我们仍然是好朋友， 你如果需要帮助， 打电话给我。”

她脸上挂着微笑， 心里不仅仅是酸， 不仅仅是痛， 不仅仅是伤， 只能以很白话的“惨” 来形容。

她根本想不通， 情侣既然已经分手了， 又怎么还可以做好朋友？

许多非常隐秘的事， 只有双方才知道。 他身上， 正好在左胸下， 有一个红印， 像五毛钱硬币那样大， 平时不怎么明显， 但在他急着要她的时候， 就会红得发紫。 她肚脐右边有一颗痣， 小小的， 也是深红色， 当他轻轻抚着轻轻吻着它的时候， 她就有一种非常想要他的冲动。

一旦无法继续相处， 选择分手， 再见的时候， 她不晓得其他人会怎么样， 在她， 就觉得难以面对， 万分尴尬。

不见的好。

两个人也就疏远了。

所有的亲昵爱意， 随着时间渐渐地淡化， 好像曾经有过， 又似乎只是自己的幻想。

爱情也是这么一回事。

年轻时误以为， 轰轰烈烈、 要生要死才叫爱情。

原来面目多重。

没有人看见她的伤疤， 她也从不打开来求人怜悯。

失败的爱情， 就是失败了， 尚有何言可说？ 认输也是自己尊重自己的表现。

没有所谓服气或不服气。

只不过， 爱情对她， 无论对方是老是少， 从此不容易。

绿灯亮了， 她抬头看见那电线杆上褪色的衣服还在风中摇晃， 她叹了一口气， 心想： 再不飘走， 她都要替它难过了。

脚下油门一踩， 她的车子留下一阵黑烟。

宠爱的包子

她特别喜欢吃包子。

朋友们都知道，大家一起去吃点心的时候，她一定点包子。

朋友好奇地问她为何，大家都觉得，包子是非常普通的食物。

她没有刻意去回忆，自己到底是从什么时候开始喜欢吃包子的。

好像在很小的年纪，应该是小学时代吧。一天爸爸买个大包子回来，叫她过来，说："快吃吧，弟弟和妹妹快要放学了。"

这么说来，竟是只买一个包子给她吃?

她充满意外和惊喜，一个人把那个大包子吃光了。

咸的馅，有猪肉、香菇、腊肠和鸡蛋，非常可口，连松软的皮也那样好吃。她吃完了，舍不得去洗手。

后来，后来好像再没有吃过那样美味的包子。

渐渐地长大了。时常有吃包子的机会。物质不再贫乏的年代，在爸爸生意越做越大以后，家里几乎每个星期都会去著名的点心店吃早点。

点心店里有各种各样、花样繁多的点心。

她被全家看成是最傻的。

“你怎么那么笨呀？” 大家都笑她。

点心有许多种类，都是小小的，饺子、烧卖、芋饺、虾卷、小笼包、肠粉等等，她却一定要吃个大包子。

“大包子吃一个，不就饱了？还吃什么点心？”全家都选择小点心，可以各种都吃。

他们还教她：“吃点心是在吃味道，不是吃饱。”

她只是笑，从不争辩，也不说明。

作为家中老大，还是女儿，很少有被宠溺的机会。若有任何好东西，先分给作为老二的弟弟，他算是家中的大儿子。要是分了还有剩余，就给家里最小的那个妹妹。老二下面还有一个弟弟。她，一直有一种被忽略的感觉。

生活固然衣食不愁，然而，不能够成为家中受宠的孩子，使得她的笑容里永远收藏着一丝忧郁。

有一个雨天，没有打伞的她，下了车，淋着雨过马路对面，突然看见一个卖包子的档口。小贩掀开蒸笼盖，一阵热热的水汽袅袅升上空中，一笼的包子散发着香气。当时其实没有饥饿感觉的她，却马上有一种想要吃的感觉。

那包子一定很好吃！这个念头很强烈地冲进她的脑海里。

她不理会还在下雨，躲进卖包子档口的大雨伞下：“给我两个包子。”

手里握着热气腾腾的大包子，生命如此温暖和美好。

那两个大包子吃了两天。

四十岁以后，她对结婚失去期待和憧憬。

一个人生活，吃饱穿暖不难，难就难在打开寂寞和孤独的束缚。包围在她身边的，是难以排遣的孤寂。

那天晚上，一个人吃一个大包子，另一个收在冰箱里，作为隔天的早餐。

大包子仍旧美味可口。过去的童年往事，像电影不断在她回忆里闪烁。她看着怀旧的电影，大包子是电影里的主角。

有人宠爱的感觉，真好。

魔　　咒

画廊开了十多年，生意平稳。艺术市场确有季节性。和其他行业不太一样的是，遇到学校假期，反而是淡季。大多收藏家消费能力强且生活水平高，重视休闲以及和家人相处的宝贵时间。学校放假时，他们带家人出国去旅游，形成售画市场的淡季。

淡季，表示到画廊来的收藏家锐减。画家却缺乏时间观念，只要和画家约见一次便清楚。他们谈起自己的作品，总是滔滔不绝，要是请他们到家里去，他们准会成为半夜三点也不走的客人。缺乏时间观念的画家，只视个人方便，随时随地到画廊，有时是送画过来寄卖，有时是来聊天。

我比较欢迎画家淡季过来。收藏家不来，画廊寂寞无声。下午时刻提不起劲，挂在墙上的画，在冷气吹拂寒意加深时，鲜艳绚丽的颜色失去光彩。画家来聊天，可以多些声音增添温暖，也让那些画作明亮起来。

有的画家言谈有趣，尤爱和人分享旅游乐事、写生趣事；有些只重销售利益，见面第一句就是“我的画卖了没？”画家也是人，分许多种。有埋头创作，其他完全不理的；有时常来探听市场需要，再回去拿流行的作品过来， 毫不在乎个人格调的； 有见作品没出路， 很快更改画风的； 也有坚持将自己的创作风格摆于首位， 售出与否不往心上搁的。

身为画廊主人， 希望画家的画作销路好， 同时渴盼遇到好作品。 艺术创作毕竟是社会的文化财富， 只重市场价格没艺术价值的画， 无收藏意义。 有时也同情画家， 他们不是不知价值之所在， 可是他们亦需吃饭。

有一部分画家特爱独来独往， 可能因为明哲保身， 也许因为孤僻性格。 阴阳怪气的艺术家并不奇怪， 有人还说这才叫正常。 不过， 也有一些喜欢朋友多多的画家喜欢带画家来， 我认识的画家数目越来越庞大。

印象最深刻的是近期才到我画廊来寄卖作品的李立金。

他走进来， 带着自己的作品。 油画， 抽象的。 他同时带着几本素描本子。 起初我对他的油画有点儿抗拒， 因看不懂， 感觉有点“语不惊人死不休” 的过分大胆。 不过， 翻阅过素描簿后， 便立刻答应他作品可寄放在画廊里卖。

“为什么不拿具象作品来？” 我问他。 从他的素描簿可见他的功力。

他苦笑：“我的具象作品， 没人要。”

原来他曾经拿给其他画廊，“大家嫌我画得太清楚明白， 人是人， 花是花， 屋子是屋子， 销路不好。” 后来他改变风格。

抽象艺术创作非常奇妙。 对同一件作品， 有的收藏家特别喜欢， 有的格外排斥， 并不会因为你的大力推介而突然青睐于它。

凭主观购画的收藏家不是没有， 不过， 有的要追问画家的名气， 收藏的同时， 希望手上的藏品有上涨空间。 至于什么样的画比较好销， 在进入市场以前， 难以说清楚。

李立金牢骚很多， 他一来， 几个小时不走。 他坦白告诉我：“没有人愿意听我发牢骚， 就连家人也告诉我， 等有一天你的画卖出去了， 才说话。”

他深深明白被人轻视的味道。 是因为如此而发愤图强的吗？“不管怎么样， 我非要成名。” 有点不择手段的意味。 但不能不钦佩他的坦率。

虽说是牢骚，但他的话也有道理。

“好。”看见他扎实的基础和功力，我答应帮他出力。“有人问这幅画是画什么的时候，应该怎么回答？”

他想也不想：“你就告诉他，画家问他：‘你见过时间的手吗？’”

仿佛充满玄机的一句话，我不知道竟可以变成魔咒。

两个星期内，他的画共售出五幅。

看画的人，左看右看，走过去又回来，上看下看，看起来应该是看不懂，他不客气地问：“这个画家到底要表达什么？”

我回答：“画家问：‘你见过时间的手吗？’”

那正是一句让收藏家掏腰包的魔咒。

我打电话叫他再拿几幅新作品过来，顺便和他算钱。

他高兴地来了。

我看他的新作，问：“这几幅画，要说什么呢？”

“你见过时间的手吗？”李立金用同一句话回答我。

我笑笑，没有反对。有一天魔咒不灵了，这个画家自然会去另外再找一句魔咒。

失而复得的煨番薯

熟悉的香味缓缓地从厨房里飘出来，报纸搁在饭桌上，她只是在翻着，没认真阅读。调好的电锅闹钟嘟嘟嘟响起来，她赶紧过去先关掉电源。

为了煨番薯，特意购买一个新电锅。

售货员解释："可以按照番薯的多少和大小，调好时间，那样煨出来的番薯，味道特别好。"

她起个大早去巴刹（菜市场）买番薯，瘦瘦的女贩特别介绍紫红色的这一种："你看，每一个都贴有标签，价钱比较贵，因为是从日本进口的。不过，味道又甜又香哦。"

没有一丝犹豫，不在乎价钱，她要的是记忆中的煨番薯。

煨番薯是对北京的记忆。

深秋的北京，天气极冷，寒风使她整个人缩成一团。起初她自己抱着自己走，后来他把她的手放进他的风衣口袋里紧紧握着，另一只手搂着她的肩膀。如果是从前，她就会大笑问他："你不嫌辛苦呀？"他用右手握她的右手，用左手搂她的左肩。可是这回，她没有笑，而且，什么话也没说。

金色的叶子在街上发出璀璨的光彩，却无法让她眼神发亮。上回在南京，亦是秋日，金色的法国梧桐叶子曾经叫她雀跃欢笑，不停赞赏："那么美！那么美！我要拍照，要拍多多的照片。"照片里金黄的颜色照亮了他们两人的脸，幸福的光彩溢出照片。那一年的秋天，竟不觉得气候寒冷。

穿着大衣、围着围巾、戴着手套的他们，走进餐厅，发现有暖气，一起松了一口气。

"坐一起。"他不让她坐在对面。

她听话地在他身边坐下。

叫菜时，餐牌有一页是甜品，她指着煨番薯说："我要这个。"

"好。"他要了两个。

"我只要一个。"她说。

"我也要一个。"他看着她。

她没有看他，假装很专心地看餐牌。

为了在北京见面，之前安排了很长一段时间。

两个人都不住在北京，也不曾一起到过北京，只是很久以前，言谈间他曾经建议，一定要一起到北京旅游。因为年轻时，他在北京住过二十年。

那个时候他们刚认识不久，一次，她提起在北京旅游时被导游欺骗的事。

"那我当你的北京导游。"他自我推荐。

"好。"爱情让她变得只要是他开口，无论什么事，她都可以答应。

一直没有机会。

没有想到的是，机会终于来了，心里却已经蒙上一层阴影。

"煨番薯在北京的街头巷尾很多，小贩推个档，火炭里煨着番薯，就这样做生意了。"他提起他当年在北京求学的往事，"我也很爱吃，尤其冬天，不知道为什么天寒地冻时，热热的煨番薯格外美味。”

当天，餐厅的煨番薯一样很可口。

侍者从厨房端出番薯来，她远远地就嗅到一阵香甜的气味，竟忘记自己的哀伤，忍不住地说：“嗯，单是闻这味道，就感觉非常可口。”

那个时候，饭已经吃完，是甜品时间。

他帮她撕番薯皮，她提议：“掰成两半，用汤匙挖着吃就可以了。”

他莞尔一笑：“以前我们都是把番薯皮撕掉，整个捧在手上吃。天寒，手冷，指尖特别冻，捧着热番薯，感觉那番薯特别烫，也特别好吃。”

她没有在四季分明的国家生活的经验，冬天对她是新鲜的，煨番薯却不是。

小时候家里烧炭，有时候，妈妈烧好饭后，便把两个番薯埋进已经灭火，犹有余温的炭里。吃过饭后，弟弟和姐姐就有又香又甜的煨番薯吃，她在旁边等，等姐姐或弟弟吃剩的时候，分给她吃。

年纪小，没吃过什么好东西，就是别人吃剩的番薯，也觉得很香甜。

她喜欢并且留恋那温暖的感觉。

后来，再没有吃过那么香甜可口的番薯。

他把番薯切成块，因为“这样吃起来容易些”，然后把中间的那几块夹给她。

她小小口地咀嚼，真是香甜，比小时候吃的更香更甜。

吃着可口的番薯，她犹豫着，时间似乎过了很久，她终于开口说：“我想……”

才刚张嘴，话还没说完，他就打断她：“不。”他似乎早就晓得她要说什么，“我不会与你分手的。”

她心里惊诧，表面上却不动声色。

这并非刚刚才作出的仓促决定。

出游之前，她考虑很久，夜不成寐，食不下咽，迅速地瘦了下去。身边的朋友都看出来了，有的忍不住问她：“怎么啦？减肥成功呀？”其实她是不需要减肥的身材， 只是朋友不好意思侵犯她的隐私， 又关心她，便以开玩笑的语气询问。

她当然什么也不会说， 只是微笑回答：“是呀是呀。 减肥是每个现代女性每天的功课呢， 不做不行。”

只因为他发错一个电邮给她。

本来对于陌生邮件， 她都置之不理的， 但发邮件的地址是他的， 她兴奋地打开， 流泪地读完。

可是， 北京之行已经安排好了。

她什么也没说， 仍然和他同游。 天安门、 紫禁城、 八达岭长城、 颐和园、 北海公园、 鼓楼、 大前门、 香山公园、 潭柘寺、 大钟博物馆……

她不是不想提这件事， 只是不知如何开口。

她怕他难堪， 怕他尴尬。

她也非常意外， 意外他竟然可以对她以外的女人， 说出那些她看着都替他感到难为情的话来， 而邮件内容的亲密和暧昧， 更是为她提供无限宽广的想象空间。

“我一时迷惑， 你原谅我。” 他一脸憔悴， 见到他的第一天， 她就发现， 他精神不济、 疲惫不堪， 而且一脸的胡茬。“我是来跟你说对不起的。” 他眼睛红了， 泛着泪光，“原谅我。”

这是比接到发错的电邮还意外的事。

“可是， 要继续下去。” 她的眼睛也泛着泪光，“我觉得很难。”

“不! ” 他喊出声来， 旁边的人都看过来，“我爱你。”

她转移话题：“这煨番薯很好吃。”

“不。” 他坚持， 语气坚决， “我不分手， 不管怎么样， 我就是不分手。”

她看着他的眼睛： “很久没有吃煨番薯了， 原来煨番薯真的很香很甜。”

因为是他为她叫的，因为是他亲手为她撕的皮。

“你再吃多两块。”他的眼睛红了一圈，又给她夹了两块中间部分的番薯，“不要分手。”

吃过煨番薯以后，他们一起回去。

回去各自住的地方。

一切好像没有改变，两个人照样像从前一样发电邮、通电话。他的电话打得比以前更频繁，话说得更长，可是，她知道有些感觉不一样了。

她打开电锅，小小的厨房浮游着香甜的味道。

把紫红色的番薯夹进盘里，她也学他，把番薯切成一小块一小块，然后再撕皮。紫红色的番薯，迷人的颜色，美味的诱惑。

吃了一口，再吃一口，再吃一口。

这味道不是不香，不是不甜，却不是想象中的那个味道。

为了煨番薯，她特别买了电锅，特别选了紫红色的进口货，她以为她可以找回那久违的煨番薯，但是，她发现，所有的准备都没有用，她煨不出原来的煨番薯的味道。

褪色的叶

从来没有见过枫树的他， 站在树下愣住了。

整棵树全是红黄两色的叶子， 无比绚丽却艳而不俗。 大自然的美丽难以形容。 完全没想到， 红黄两色竟可以产生如此天然而顺眼的效果， 要是人工制作的图画， 一齐抹上热烈耀眼的洋红和橙黄， 肯定会显得艳俗不堪。

一群人停在树下竞相拍照， 因为路过那棵树时， 秀丽问了一句：“这就是枫树吗？”

导游点头说：“是呀。”

于是听到惊喜的呼喊声四起：“真的呀， 这就是枫树呀？”“哦， 就是那秋天叶子会变成红色的枫树？” 方才知道， 一起参加旅游团的好多同事之前都没见过枫树。

“等一下， 我们拍张照片。” 整个旅游团的人都十分兴奋， 仿佛皆是首次和从黄转红的枫树相遇。

他很想问秀丽：“你怎么知道这是枫树？”

张嘴， 却没说出口。

交往的时间不长，两个月不到，有些话在某些时候说不太合适。

其实说交往也不对，两人只不过是同事，曾经一起吃过几次午餐，大多时候还有其他同事在一起。双方不曾有过私底下的往来，但是大部分同事看得出来，他对秀丽情有独钟，而秀丽对他则维持着她对其他男同事那样的客气。

“看，枫叶。”秀丽从地上拾起一片红通通的枫叶，一边说，“那么红，真漂亮！不过，枫叶是会褪色的。”仿佛在警告或者提醒站在她旁边的他。

他接过来，似乎不经意地问：“是吗？”眼睛从枫树上转过来看她。

秀丽认真地回答：“是的。我从前收藏的那一片，后来褪色了。”

她想起那天，其实并没特意去找那片旧枫叶，是在查找资料翻书时，干透的枫叶突然从书里掉下来的。

真像小学生作文课里写的，陈词滥调，让人听了会笑。但很多故事都是先有了真事，才有了仿造和创作。

秀丽蹲下，想把叶子拾起来，却拾不起来，它落在书房的地上，像被胶水粘住似的。她用手指轻轻掀起叶尖，照样无法拈起它。

如果不是叶子自己掉下来，她几乎已经忘记书中有这一片枫叶。但是，它掉了下来，她变得无法忽视它。她看见原本鲜亮的叶子已经褐色，叶子上边的字都模糊不清了。那么久以前的收藏，又如此长时间没见到，既然掉下来了，就丢掉，或者干脆拿把扫帚扫走算了。然而，人的感情很奇怪，重新见到的时候，又生出一份留恋和惋惜。拾不起来，拈不起来，她心里急了。“怎么会这样？”越是没办法，越是要设法。

没想到，褪色的叶子过于脆弱，经不起她一再掀翻，竟然被捏碎了。

无法控制的眼泪从秀丽的双眼流下来。

一份难舍的感情，只余一片褪了色的叶子，最后连叶子也没能留下。

望着一树明亮的枫叶，秀丽有点惆怅。

她从树下再拾起一片红色的完整的枫叶，收进皮包，打算留给自己。

“不必耿耿于怀，” 他似乎看透秀丽的心，“不过是片叶子。”

秀丽没有点头，只是苦笑：“而且会褪色。”

心里的人，过去的一份感情，不知为何，永远色彩鲜艳且无法向其他人言说。

健康晚餐

晚上七点，四个朋友到了餐厅。

他们四个都是老朋友，约好每个月的首个星期日聚在一起吃晚餐。皆为退休人士，没有工作，每日无所事事。聚会的目的，除了吃饭，其实东家长西家短的闲聊对他们更有吸引力。

闲聊的内容不外是：认识的朋友的私事，左邻右舍的家事，报纸上知名人物的隐私，商界人士的赚钱之道，政治圈里的丑闻趣事，家事国事天下事，他们都拿来当下饭的菜，聊起来唾沫横飞，滔滔不绝。一年多来，聚会不断，无人缺席。

但是，今天四个老友脸色都不太好，气氛有些沉重，话也少了很多，不似平日，大小声说个不停。

站在桌边的侍者，手里捧着小本子，等待他们点菜。

李想都不想就说："咸鱼炒豆芽吧，我的最爱。"

林摇头反对："不好，不好，不是刚刚才听到吗？咸鱼会致癌。"

刘赶紧建议："那就改咖喱鱼头好了，我们很久没吃了。"

陈皱了皱眉："不过，你要问一下他们用什么咖喱料，有些牌子的咖喱粉，听说内含致癌物呢！”

仍在怀念上个月吃过的螃蟹的李这回说：“要不然，换成酸辣螃蟹吧，这间餐馆的螃蟹向来很新鲜。”

“不行，吃螃蟹，痛风会发作！”林其实不是李的反对者，他和李感情最好，早知道李患有痛风症多年，他是在替李担心。

“还是叫清蒸虾或蚵煎比较好，上回来吃过，这两道菜味道都很不错。”虾是刘的最爱，每回吃饭，刘最爱点的菜就是虾。

“你也太没有医学常识了。凡是海鲜类，大多会导致痛风，而且，高血压和心脏病患者也不可以多吃带壳的海鲜。”陈其实不是在卖弄学问，他大声地强调，不过是在提醒自己罢了。

“算了算了，叫青菜吧。”李的心在叹息。有什么办法？年纪大了，凡爱吃的，突然都变成不能多吃的东西。

“好呀，最简单的，蚝油菜心。”林对太太的限制早就心存不满，她从不买蚝油。现在到了外头，他当然要“出轨”一下。

可惜他的建议却被否决了。“怎么？你没看报纸？蚝油也有致癌物呀。”刘对这种调味品毫无兴趣，总觉得有过重的甜味和咸味，把青菜原来的味道都盖住了。

“那怎么办？叫豆腐好了，豆腐算是清淡的吧。”陈的叹气很大声，因为他从来就不喜欢吃豆腐，除非桌上无菜。

李有点意外，他数次点菜，提到豆腐的时候，反对的声音总是来自陈，今天倒是陈自己建议点豆腐。“你也会有叫豆腐的时候？”李不禁笑起来。

“唔，豆腐还可以。不过，炸的，不要；螃蟹肉的，不可以；麻婆，有辣油，怕明天早上要泻肚子；炖的，加蛋，不行……”林算来算去，今天晚上的菜还真是点不出来，白豆腐对他来说，是一道无味的菜，如何下饭呢？

“我看还是叫鸡肉，吃了比较实在，不会感觉肚子空空。”一向，餐桌上没有鸡肉的话，一整天就觉得肚子饿得不得了的刘，等来等去，见没人点鸡肉，只好自己开口。

“打针鸡你敢吃？况且禽流感还不算完全结束。暂时不要啦。”虽然报纸上那些重要的部长口口声声，说禽流感不会传染给人，但缺乏冒险精神的陈觉得暂时还是不要吃的好。

“不然，吃盘炒面算了。”李感觉到自己的食欲逐渐在消失，说话也有气无力。

“面，有黄色素，还有，不知道有没有放碱水，那也是不可以吃的东西。要是点炒面，那要炒什么面？加什么料？”林越说声音越小，有点语无伦次的样子。

“好了好了，还是选米粉吧。”刘也对今天的晚餐缺乏兴趣，应付了事地随口建议。

“米粉，听说漂得太白的不可以吃，况且炒米粉要加咸鱼才好吃。咸鱼，你们又说不可以……”陈原本就是咸鱼米粉的拥护者，他们还曾经笑陈是从新加坡来的，因为听说新加坡人是咸鱼米粉的原创者。

“照我看，粥总可以了吧。”李认为自己找到最适合的餐点了，语气不自觉地有点得意。

“对不起，我们不卖粥。”在一旁等待点菜的侍者说，“你们先慢慢讨论，我一会儿再过来。”

将近10点，四个朋友还没有决定下来今天的晚餐要吃什么，此前，他们刚从一个“健康饮食”的讲座会出来。

小　　雨

下车的时候，天空飘着小小的雨，像没有下雨一样，空气中有一种湿润的清凉，在他们身边环绕。

电影里，每一次的别离都要下雨。她在想，如果是拍电影就好了。

电影一结束，门便打开，观众离开电影院，无论剧情如何，一切都跟着结束。

他推开机场大门，室内的冷气比外边的空气更冷，她打了一个喷嚏。

“围巾呢？”他问，“赶快围上吧。”

从皮包里拉出来的，是他来的时候带给她的礼物。

咦？她一脸惊喜。

“每一次开会，你都围着围巾。”他说。

这份细致和体贴让她意外。她不知道他偷偷注意她。

行李箱静静地搁在地上，他转过来，看着她：“我要走了。”

她看着他，围着的围巾仿佛没起作用，感觉冷气更冷了些。

他嘴角含着笑，带着微微的悲伤，眼睛并没有像以前一样，笑起来亮亮的。

有一丝阴影，在他的眼睛里，她看到。

应该是雨滴吧？她一边想，一边对他微笑：“好。”

真正的答案是“不好”，她却说“好”，还带着微笑。

他最喜欢她的笑容，那天真无邪、非常开心的笑靥，让人看着也忍不住要和她一起快乐起来，甚至想把她的笑容印下来收藏。

可是，眼前的笑容却有苦涩的意味。早上喝了不加糖的咖啡，跟这有关系吗？

突然一阵酸楚涌上来，觉得心抽痛了一下。他伸出双手，不顾一切，把她拥进怀中。

柔软的身体有他熟悉的感觉。第一次抱她，就在两天前，也是在机场。当他真的把双手张开，作出要拥抱的姿势时，她一副愣愣的手足无措的样子，很可笑。

可是他是认真的，非常温柔地拥抱了她一下。

最终她还是让他拥抱了。接机时的拥抱，是一种洋礼貌，正常的。

但她的身体却告诉他她的惊愕，因为他感觉到她身体的僵硬。

当她收到他的电邮时，只当成是一个玩笑。

“接机的时候，我可以拥抱你吗？”

“当然可以呀，这是礼貌嘛。只不过，最近流行 A 流感，让我很烦恼，不知道到时要不要抱你？”

她一直是以开玩笑的心态和他在电邮上来往。

两个城市之间的距离太遥远，她不以为他会对她产生什么特别的感情。从前见过几次，都是在公司的会议上相遇，分别以后，各忙各的，也没通音讯。一次，为了公事，通了几个电话，然后开始发电邮。

信中，他不断地把心中对她的倾慕技巧性地告诉她。

但她总是俏皮地回答，因为把那些话都当成玩笑。

她确实以为他在开玩笑。彼此根本不了解，她不清楚他，他应该也不认识她。

这一回，他来了，接机的时候，他抱着她的时候，虽然自己的身体僵硬了，她却马上感觉到，他是认真的。

两天的相聚，他告诉她许多事，他的童年、小学、中学、大学，甚至婚姻、孩子。

她看着他，仿佛说的都是真话，从容的语气中有一种坦然。不知道为什么，对很多人和事都怀疑的她，一下子就相信了他所说的一切。

夜渐渐暗下来了。周围杳无人迹，说着心事，看着她的脸，他忍不住又紧紧拥着她，把在梦里幻想了许久的吻实现了。

一阵天旋地转。从来没有想过，一个吻也可以产生如此巨大的力量，她轻轻地挣扎，他不放开她，继续热烈地吻着。那热度转移到她身上，她害怕了，用力挣脱他的怀抱。

他不再强迫，虽然心里充满了期待。

“我会再来看你。”他说。

假期只有两天，他不得不走。

他提起行李箱，又放下，再一次把她拥在怀中。

她想：没有关系，让他紧紧地抱一下吧。

当飞机飞走，就像电影演完一样，一切便都结束了。

她心里的小雨开始落了下来。

无边无际的小雨在机场下着，似乎没有停下来的时候。

父亲的照片

他看到父亲年轻时候的照片，更生气了。

照片中的父亲，浓眉大眼，四方脸，修长、瘦削的身材。大家都说他的长相和父亲相似，这张照片尤其清楚地显示，父子俩简直像同一个模子印出来的。父亲拍照时，脸色严肃。

这神情其实也是他拍照时常有的表情。

对着不苟言笑的父亲，他生气的是，照片里，父亲跨在一辆崭新的电单车上，看不出他的脚有毛病。不过，平时坐着，大家也都看不出父亲的脚有点缺陷。

“妈妈，让我学开电单车吧！”他多次要求，理由是“同班的刘志强、何开庆、林俊峰，都已经拿到电单车执照了”。

刘志强、何开庆、林俊峰和他是死党，从小学同班到中学同班，几乎是形影不离的好朋友，唯独他没有电单车的驾照。

他不晓得母亲明不明白他的心理感受，母亲只是摇头：“你爸爸不准啦。”

他生气：“为什么？”

母亲继续摇头："别问了。"

父亲是家里掌权的人。像一般的家庭，父亲的决定就是家里的决定，不允许推翻。

他很失望，并把失望写在脸上。

他的三个好朋友不断地怂恿他："再问一问啦，也许你父亲会改变主意呢。"

因为他们想要四个人一起开着电单车去环岛旅游。"等你学会了，拿到执照，我们的行程就可以开始。"

一切计划早在升高中前就策划好。路线图也划好了，从槟城开始，先往南开到柔佛的新山，再往东海岸行去，然后继续朝北走，经过泰国小镇的边沿，路过吉打，最后返回槟城。

不曾听说有谁曾经开电单车环岛旅游，因此四个男生认为这在全国还是一项创举，非得赶快行动不可。三个同伴成天游说，要他去学开电单车，拿一张执照。

母亲的态度其实是因为父亲的强势，他知道。从小他极少和父亲沟通，因为父亲老是黑着一张脸，极少说话，也不笑，就算他学业成绩优良，甚至考了第一名、比赛获奖等等，父亲都从来没一声赞赏。

在家里，他躲在房间里读书，晚餐时才见到父亲。可是吃饭不准说话是父亲定的家规，餐桌上总是静静的，他总是快快把饭扒光，回到房里做自己的事。

他和父亲的感情是冷淡的。

尤其是学开电单车的要求被拒绝后，他对父亲的不满就更深了。

今天他无意中看到父亲和电单车的照片。那张照片是在整理父亲的书桌抽屉时找出来的，母亲也在一边。看着他只瞄一眼就把照片丢回抽屉，母亲没有出声。

虽然只瞄一眼，但他看得出电单车上的父亲非常年轻，和他当年想学电单车的年龄差不多。他很生气，因为父亲的反对，导致他和同学们的创举没有机会实现。

年少轻狂的年代，有很多梦想最后都只是梦想。他叹了一口气。

母亲终于开口："你知道爸爸当年不让你学开电单车的原因吗？"

他抬头，对母亲摇头。

"你爸爸的腿，就是他刚学会开电单车时被汽车撞伤的。"母亲叹息，"原来是好好的，后来走路变得长短腿。"

他张着嘴，却说不出话来。

母亲继续说："他爱你，不希望你受伤。你爸爸说过，汽车是铁包皮，电单车是皮包铁。"

他嘴巴张大着，仍然不知道应该说什么。

在灵台上，父亲的照片，依然是一张没有笑意的脸。

魔　　法

“我不知道应该怎么办？” 她一脸无助， 问我。

我也不知道应该怎么办。

这是我心里给她的答案。

没有说出来， 是因为她那绝望迷茫的神情， 令我于心不忍。

纵然是多年老友， 亦无法扮演说真话的角色。

说真话没有错。

这句话亦没错， 可是不能接受事实的人， 绝对不愿听真话。

人们只愿意接受自己想要的答案， 越是真话， 越难以让人听进去。

所以彷徨， 无所适从， 手足无措。

你可以骂她是自找的， 只不过， 陷在爱情里的人， 无法自拔， 是很悲惨的。

那种感觉只有经历过那种痛苦的人才明白。

而陷在只有自己一个人的爱情里， 则更加悲惨。

倘若这份爱情， 曾经是两个人的， 则更加更加悲惨。

在这样的情绪里， 她的耳朵被悲伤塞住， 什么也听不到。

“他说要离开我。” 她说完， 闭上眼睛， 深深地吸一口气。

这并不是新鲜的话题。

“我说不要。” 她继续说， 张开眼睛，“他说不能再这样下去。”

重复的故事情节， 对听众没有吸引力。

她又问我：“什么叫‘不能再这样下去’？”

她听了多次， 问过多次， 就是不肯真正思考， 直到找出结论。

却拿来考我。

这样的私人问题， 如果我是公共信箱的主持人， 我也会被她问倒。

两个人之间的爱情， 唯有当事人才清楚。

爱与不爱完全是一种感觉。

感觉是一种很个人化的东西， 说也说不出来， 形容词毫无用途。

旁边的人不必多言， 更无从插手。

快乐的时候， 咖啡飘着香醇的味道； 哀伤的时刻， 咖啡依然飘着香醇的味道。

我啜一口咖啡， 吞下去， 没有给她答案。

我没有答案。

“当初为什么要开始？” 她叹息道， 又提了一个新的问题。

新的问题， 也是旧的问题。 她不停地兜圈子， 走不出来。

简直就是佛教的因果论。

当初我劝她别开始， 她一脸陶醉：“那么快乐， 从来不曾有过的感觉，你叫我如何逃避和放弃？”

她居然懂得用“逃避” 这个字眼， 可见那是浮游在她胸臆间的， 幽微的心事。

她明知应该逃避。

“‘当初’ 已经过去了。” 我提醒她。 此刻才来回想‘当初’， 来不及了， 根本是多余， 只不过我不好意思三番五次说她。

粤语中有句俗语说：“有早知， 没乞儿。” 如果人人都“早知”， 那人人都大富大贵了。

“是的。” 她倒是很认同，“已经过去了。”

说得好像接受现实， 已经醒悟的样子。

“就让一切过去吧。” 我终于忍不住地劝她。

“可惜。” 她依然叹息，“过不去。”

过去的一切过不去， 是她的心在阻挡。

过去是流水， 不停地流， 最后都流走了， 像时光。

她的今天正是我的过去。

失恋仿佛比死还难过， 日子过得生不如死， 麻木不仁地一天一天，俨然行尸走肉。

理想的状态是让感情死去， 让人复活。

可是并不容易。 不过， 一旦“复活”， 就会发现爱情不过是生命中的一部分。 失恋是让人成长的好方法。

她还未曾经历这一段， 不会了解。

“也许， 我要去剪头发。” 她突然说。

没头没尾来一句， 和失恋有什么关系?

我放下手上的咖啡杯， 脸上写着疑问。

“魔法书上说， 有个拥有永恒爱情的方法，” 她突然变得兴致勃勃，“把我的一小撮头发和他的混合在一块， 包进紫红色的布袋， 密密缝好，收在枕头里。 每当月圆之夜， 就把枕头拿起来， 对着月亮念咒语， 那么， 我们之间的爱情就会永远存在。”

难道月亮会去提醒变心的人， 有人在为他痛哭哀泣， 叫他赶快回头?

这是什么魔法? 我想告诉她， 不要痴心妄想； 我想点醒她， 心已经不在了， 人不可能回来， 即使人回来， 又有什么意思呢?

倏地回忆起自己也曾经为爱情问神拜佛， 还充满希望地将念过咒语的符烧成灰泡水喝， 却只能绝望地伤心流泪、 消瘦憔悴， 困在回忆的笼子里， 足足三年走不出来。

人如果知道自己在做的是愚蠢的事，就不会去做。

一段不能让人幸福的感情，尽快放弃，才是明智的做法。

可是，再聪明的人，掉在感情的海中，自我感觉良好地浸泡日久，都会变愚笨。

“现在，我陪你去剪头发。”把咖啡喝光了，我站起来，其他我什么也没有说。在她还相信有魔法存在时，我说什么都没用。

向日葵与茶杯

桌子上的两个茶杯，都是外层蓝色内里白色，茶杯外壁一个画着半个月亮，一个画着一个太阳。

“这是你的。”他买回来的时候，拿着“半个月亮”的那个杯子，对她说。

“‘太阳’是我的。”他说。

她的确奉他为太阳。

他要的，她一定给，他喜欢的，她都替他办到，他想做的，她都答应，从不让他失望。

她是一朵向日葵。

向日葵，脸永远朝着太阳，跟随太阳打转。

她拿走“月亮”杯，收在她的皮箱里。

她没有用衣服或者报纸包好，就这样随随便便地放在箱子里。

这不是她一向的风格。

然后，她拎起“太阳”杯，看一下，内壁有圈污垢，略带黄色。她再看一下，最后还是静静地把它放回桌子上。

她回到客厅，慢慢地走了一圈。还有什么是可以带走的?

已经没有其他属于她的东西了。

她收拾了一个星期，终于，都收拾好了。

阳光照在厅里的柜子上，那本来放照片的玻璃相框，现在是空的。

照片是两个人最开心的时候拍的，彼此都笑得灿烂。那时，做梦也想不到世界上还有“分手”这两个字。

她怔怔地坐在厅里唯一的躺椅上，是布的，浅灰色，是他在看电视时坐的。本来他要买两张，但她说，厅太小，一张就好了。

冷气把布躺椅吹得冷冷的。

她按一下电视遥控器，是教育类节目。

她没有换台，马上就关上了。

妈妈说:“我教育失败，是你让我的教育失败。”

妈妈是老师，听说她和他没结婚就住在一起，便极力反对。骂了她很多次，最后只能妥协，叹道:“你们过得快乐就好。”

“我和你在一起，曾经有过快乐的日子。”他清楚地对她说，像电视新闻主播在报告新闻，“然而，许多事情不能预测，也不能回去，过去的，就让它过去。”他咬词非常清晰。

就这样，永远成为过去了吗?

她没听明白:“你说什么?”

“我们……”他迟疑半晌，终于还是说，“我们分手吧。”

谜底，其实十分简单，只是，由于她想也没想过结局会是这个样子的，所以就“短路”了。

一切只因他找到了新的向日葵。

她张着嘴，却没有说什么。

哭，自己擦眼泪，擦不完，让它一直掉，掉到地上，开成一朵无人理会的花。

时间一天一天过去，她终于明白，再拖下去，得到的只是他的不满和怨恨。

这样的结局， 她更不想要。

沉默的她回到厨房， 把“太阳” 杯上的污垢用力洗干净， 如同新的一样洁白。

她将它放回原位。

带着“月亮” 杯， 她什么也没有说就走了。

手上的鱼目

病床上的女人对着吴彦玫说："彦玫， 谢谢你来看我。"

"老朋友了， 还说这客气的话。" 吴彦玫勉强地笑着说，"其实我应该说'对不起'， 早就应该来的， 只是一直忙着……"

"我明白。" 她了解地点头。

桌上有一束黄色的花， 挺立着， 粲然绽放， 像是刚换上去的。

"你还是喜欢黄色的花。" 吴彦玫感叹道。

眼角皱纹十分明显的病人微笑地说："是啊。 年轻的时候爱上了， 年纪越大， 就越是固执……"

话里似乎藏着深意， 话没说完， 病人自己就警觉地停顿下来。

吴彦玫可以肯定， 这花是张安恒买的， 而且是一天一束鲜花， 黄澄澄明亮亮地盛放在她的病床边。

"好一点了吗？" 吴彦玫淡淡地问。

她必须如此， 才能掩饰自己凌乱的心情。

"嗯。" 病人点头，"明天可以出院了。"

床边的桌子上， 除了花， 还有一本杂志， 是《艺术家》 月刊， 封面照片正好是绚丽的黄花。

容光焕发的病人循着吴彦玫的视线看过去，伸出手来把杂志递给吴彦玫：“要不要看看？这一期是你喜欢的凡高的专辑。”

凡高何尝不也是她喜欢的？

病人的手伸过来，吴彦玫看见她手指上套着的，正是前天无意中在书房里看到的张安恒公文包里的那个珍珠戒指。

脸色瞬间变了，但吴彦玫立即镇定下来。

她的推测是正确的。

还有一件事吴彦玫可以肯定，这珍珠戒指是张安恒送给病人的生日礼物。

然而吴彦玫只是抿一抿嘴，什么也没说。

“明天可以出院，那表示完全恢复了。”吴彦玫不带感情地说，“我看我得先走了。”

匆匆离开的原因，是她担心再呆下去，恐怕张安恒要上来了。

为什么轮到她来担心呢？吴彦玫一边走向咖啡厅，一边生自己的气。

私人医院的咖啡厅经过精心布置，装潢设计得十分新潮，和外边的高级餐厅没有差别。正在里边等待的秦玉荷看见吴彦玫进来，便问：“怎么样？”

吴彦玫苦笑：“早在意料中，还能怎么样？”

突然，秦玉荷叫道：“啊！安恒来了。”

她们看着头发花白的张安恒，手里捧着一束绚丽的黄花，脚步迅捷地往电梯间的方向走去。

“我非常后悔。”吴彦玫抑制了许多年的眼泪掉了下来，“当年不应该想尽办法，从她手里把安恒抢过来。”

秦玉荷张着嘴，没说话。

当年沾沾自喜，以为自己是胜利者，在时间走过以后，才发现原来是一项失败的记录。

“要是最终嫁给安恒的人是她，那么我今天可能就成为安恒心里的珍珠，而不会沦落为他手上的鱼目。”早知道结局是这个样子，吴彦玫宁愿自己当初是受挫的那个人。

秦玉荷感叹道：“也许唯有分离才能带来永恒吧。”

爱情故事如此简单，却又如此复杂，永远写不完，说不清。

秦玉荷这一声叹息，叹的不是他人的三角关系，她亦是在为自己的爱情伤神。

谁是珍珠，谁是鱼目，只有时间才知道吧。

单身的咖啡

没有人相信她至今仍然单身。

美貌，才华，能力，她都有，在旁人眼中，应该有大把男人排长龙在她家大门口期待她的青睐。

一起喝咖啡的胡丽媚，啜一口热咖啡，突然有感而发："我很同意那个女作家的观点，现代男人都缺乏钙质。"

心情不算太好的她，听到这句针一样的评语，忍不住笑出声来。

女性争取教育机会，最终是要独立自主，女人为此不得不埋头苦干。吊诡的是，过于出色的女人，她的优秀反而变成一道阻碍男人前进的厚墙。基于男尊女卑的传统思想，保守的男人不想和资格比他高、条件比他好的女人在一起，免得在外面抬不起头。

前半生努力使自己变得卓越非凡，后半生却得付出单身的代价。这已足够惨痛，却还有更锥心的事跟在后面。上个星期，那个第一次从广州过来探亲的乡下婶婆，住在她家，老是追问："为什么还没嫁？""都几十岁了。""年纪不轻啰！""不管怎么样，你得赶快找个好婆家。""早点出嫁，快点生BB，让家长放心。"乡下婶婆居然知道BB是什么意思，她不知道该笑还是不该笑。

从小学业成绩不曾让家长担心过，演讲、作文、歌唱、跑步、羽毛球、乒乓球等课外活动，也总是名列前茅。班主任和其他老师一致称赞她是文武双全的好学生。学校的正课之外，她还学钢琴，八级英国皇家钢琴考试，她以优异成绩取得证书。后来选择商科为主修，没再继续深造音乐。不过，倘若要在众人面前表演一下琴技，那也是上得了场面的。再后来，走入社会，换了几家公司，每换一次，职位都升一级。

大家都说，今人的婚姻观有了改变。从前女人到了适婚年龄而未找到人家，外边就有一大堆闲言碎语在耳边绕来绕去，嗡嗡嗡嗡，比蚊子还烦人。

听起来，这个时代的女人，就算不准备嫁人，也不必再彷徨焦虑。

偏偏仍有追不上时代潮流的婶婆之类的亲戚，三言两语就挑起她沉积在内心深处，不想挖出来思考的婚姻归宿问题。

不识趣的婶婆，临上飞机前，还给她留下一句："别再选来选去、犹豫不决了，人很快就变老了。随便找个好男人，快点嫁出去吧。"

"只要是好人就可以嫁，那每个女人都不知道嫁几回了。"这是她回答婶婆的话，在机场不敢出口，压抑到现在，终于对着胡丽媚说了出来，说完叹了一口气。

"温馨提醒，婚姻的结果由个人承担。随随便便嫁了，过后那些出主意的人，根本不会为你的不幸婚姻负责。"已经离婚的胡丽媚幽默、理智而清醒，很大可能是经验之谈。

"大部分的人只不过随口乱说。"胡丽媚加了一句，"才不理被讲的人和听的人的感受。"

咖啡喝完了，她们的聊天也结束了，可是外头的闲话继续蔓延。

今年四十一岁，事业有成，未婚，朋友之间还好，老一辈的亲戚，或多或少给她的评语，都是她听到以后不想回答的。闲话固然都是在她背后说的，却总有办法曲折前进，走到她耳边来。她因此很少走亲戚。——不跟亲戚来往就不会听到不想听的话。益发将全副心思放在工作上，职位和年龄一样，越升越高的时候，就越难成就婚姻。

还没进门，就听到舅母和阿姨的声音。

“就是，真奇怪。”

“样貌生得好，身材也不差，事业又有成就，怎么会呢？”

“运气不好，没有缘分吧。”

“我看是有毛病！”

“不会吧，从小看着她长大……”

“人是会变的，尤其当今社会，几多同性恋啦！”

她把门一推，坐在客厅交谈的舅母和阿姨抬头见到她，马上没了声音，表情有点尴尬。

她即时明白，刚才她们嘴里说的那个人就是她。

“在等你妈妈呢！我们约好要去二姑家。”舅妈似乎担心她听到刚才的话，赶紧和她解释。

“马上就走了。”阿姨仿佛在掩饰一些什么，作势要站起来。

她静静地点头微笑，礼貌地称呼“舅妈”“阿姨”，不再多说，朝楼上自己的卧室走去。爬楼梯的时候，心里的难过随着脚步一层层涌上来，到了楼上，坐在床边，推开窗户，白云飘过蓝空。让一切如过眼云烟吧，她劝告自己。

从前年轻，看不开，不知如何控制情绪，闲话一入耳，那种不悦的感觉就长时间压在心里，沉重如铅，饭吃不下，觉睡不着，眼泪像天上的雨，阻止不了地流淌。

“男大当婚，女大当嫁，怎么会嫁不出去？”

“眼光太高了吧？”

“大把男人，随便找一个也没有吗？”

“都几十岁的人了呀？还要一直等？”

无限委屈，无限心酸。

这难道是她的错吗?

为了这事，她也曾努力过的呀!

“精挑细选，最后往往选到臭了的龙眼。”这是一句俗语，用在别人身上，觉得还对得挺有韵脚，幽默有趣，但批评的对象是自己的时候，她一点也不觉得好笑。

所有的批评最后制造出了一个疑问，留在她心里久久不散。

“不结婚是不是一种罪?”

追求她的男人很多，条件优越的也不少，可她就是看不上。有几段恋情就像有些男人送来的花，含着苞，眼看好像马上就要开花了，最后却连花瓣都还没有绽放，就凋零了。

赴过几场约会，有的还持续了两三个月，不能说那些男人不好，但总是有点不对。就像去买衣服，远远望着，那款式和颜色既美丽又时尚，拿进试衣室，穿在身上，对着镜子看时，却不是她想象的那么一回事。

这让她想很久也想不通，到底为什么他们最后都变成断线的风筝，永远不回来。

有时候大风天，她抬头，蔚蓝色的天空中，几只风筝自由自在在飞翔，仿佛在跟她说拜拜。

她没有跟胡丽媚研究这个，跟男人投缘与否是非常个人化的感觉，要跟谁说去?“不错嘛/很好嘛”的男人到处皆是，也许是真的不错、很好，然而，都不是她想要的那个人。

挫折让她觉得，失败的感觉最好拉上拉链封在里边，不想也不要让人看见。

胡丽媚又来电话约她去喝咖啡。

她喜欢吃蛋糕，胡丽媚知道，但她每回到了城里那间最著名的乳酪蛋糕店，却从来不叫蛋糕。

她在蛋糕面前晃来晃去，仔细看，每一个种类她都喜欢，每一种口味都感觉不错，最后她只叫一杯咖啡。

这是她的性格， 她知道不对， 却一直不改。

面对太多的选择， 她选择静静走开， 什么也不要， 一概放弃。

“神经。” 就连好朋友胡丽媚也看不顺眼，“总有一种可以挑的嘛！ 为什么通通都不要？”

“有啊。” 她微笑，“我选了咖啡。”

她只是觉得， 不管怎么样， 不管什么事， 都应该有所坚持。

分享的歌声

晨运的时候，她的步伐十分轻快，她的心，特别温柔。

清晨，一下楼，她就习惯性地先抬头看一下天空，深深的蓝，只有一颗星星，在远远的角落孤独地亮着。

空气中弥漫着微微的花香味。闻不出来是什么花，她直觉一定是白花。据说白色的花才有香气，这是自然界的生存之道。因为色白，不起眼，因此需要靠香味来吸引昆虫。

朦胧的晨曦中，不远处，那稠如墨色的树林仍沉浸在暗影里，往近处看，亦看不出种在路边的花是什么颜色。她没有停下脚步来仔细寻觅观赏，无论什么颜色的花，只要是花，就算没有香味，她都喜欢，知道花在路边开着，就好。

每天慢慢走，一边走一边思考，生命的路不断往前，走久了，逐渐把人生道理一点一点领悟。

慢慢地跑，一圈需要八分钟。才第二圈，开始流汗，小腿有点酸。她继续跑，只是速度更缓一些。习惯上，如果再跑一圈，即第三圈跑过以后，就可以克服脚酸的感觉。生活上许多事情皆如是，面对挑战，坚持下去，就可以将困难克服，包括工作和生活的难处。

流汗是她运动的主要目的。

早餐后便坐在电脑前工作，一直到下午五点，别人都下班了，她还得面对电脑继续努力。说得好听，是自由职业，可是久坐带来了腰酸背痛的后遗症。这才知道，长期坐着竟比跑步运动还更辛苦。

好多朋友羡慕她，不过坐对电脑，就可以收入良好。“开个讲座，把你的赚钱方法教给我们呀！”她一贯的回应是微笑。

哪有天上掉馅饼的事？所有的收获都需要付出代价，她的经济收益是以健康换来的。

腰酸背痛听起来不是病，长期如此，变成难耐的痛苦。咨询过医生后，规定自己每天早上非晨运不可。

中间当然经过一番内心交战。每日清晨醒来，都不想起床，眼见健康指数日渐下降，又听见同龄朋友们在哀叹日薄西山的身体，她不得不强制自己起床晨运。

习惯可以培养。小学老师说这话的时候，她觉得老土落伍，现在则意识到，原来真理永远不过时。如今一天不晨运，就像有件事尚未完成。生活变得有规律，也算是好事。

慢跑进入第三圈的时候，她看见那间白色油漆大门的中年女人出来坐在秋千上，她带着微笑向那个女人点头，继续往前跑。

绕着住宅区跑步，像傻瓜，老叫她想起那个驴子被萝卜引得团团转的故事，感觉自己像只驴子，吸引她的“萝卜”则是健康指数。

这全怪越来越坏的治安状况，以致晨运的人只敢在有警卫站岗的住宅区的花园里不停打转，不敢跑出住宅区。绕到第四圈的时候，经过那扇白色大门，中年女人还坐在秋千上，可是，今天竟然没听见那首老歌。

咦？她稍感诧异，脚步却没停下。每天跑到第三圈，就会遇到中年女人出来坐在秋千上，打开小小的录音机，于是，一首应该是她年轻时代流行的老歌，优美动听，在清凉的空气中，像花香一样地飘荡起来。

她缓缓地跑过，有点失望。

每天跑步，一天没跑就感觉不对。每天同一个时间闻到花香，同一个时间听到歌声，已经半年多了，今天，那中年女人为什么没有打开那小小的录音机呢？这让她感觉不对。

通常跑过第五圈，她就上楼回家，可是今天，极少说话的她在上楼之前停下脚步，问秋千上的中年女人："今天为什么没有听歌呢？你每天选播的歌都很好听。"

她很喜欢中年女人这分享的态度。在每个空气清新的清晨，让优美的歌声不断回绕。歌声幽幽的、轻轻的，经过的晨运者都听到，但又不至于大声到吵了别人。

中年女人抬头看她，一脸愕然。

她再重复前面的问题，一边用手比划。搬回来以后她才知道，离开家乡 20 年，她的口音和家乡的变得不太一样。

中年女人先摇摇头，然后指指自己的耳朵，原来……

原来那么悦耳动听的歌声，她竟然听不到？

一个男人推开白色大门走出来，手里拿着那个小小的录音机。"没电池了，我在换电池。"他的微笑带有歉意，"对不起，她，她听不到。"

她张口结舌。

这真叫人无法相信呀！自己听不到，却愿意与人分享！她的眼睛湿润，她的心，在瞬息间，变得温柔了起来。

有的清晨，天上一颗星星也没有，但她仍然期待晨运，因为她知道，下楼就会遇见花的香味和悦耳的歌声。

阻止求婚的鱼生

他曾经在杂志上看过，人在一见钟情的时候，体内的一种叫多巴胺的物质会急速上升，让人产生脸红心跳、如痴如醉的迷幻感觉。可惜，两个人在一起超过一年以后，多巴胺便会逐渐减少，人终于回到清醒的状态。

当他第一眼看见她时，就有一种不一样的感觉。他向来不相信一见钟情，不过，她那温柔的眼神，清脆悦耳的笑声，天真无邪的模样，令他立刻做出了一个生命中的重要决定："就是她。"

关于未来对象的选择，他的挑剔早已在友侪间闻名。社交圈里许多出色的漂亮女孩，尽管曾经多次主动给他明白的暗示，可就是和他没有缘分。"眼缘最重要。"这话出自他的嘴。他总觉得，第一眼感觉两人无法来电的话，那么，再如何安排继续交往，也不会有下文。

凭着直觉，他知道她也喜欢他。

一切非常顺利。

经济稳定，外形优越，以及同时打理两家贸易公司的能干，正是他受多数女孩青睐的原因。

私底下她有一丝骄傲，毕竟，他是众多女孩心目中的钻石王老五，可是城府很深的她并没有表露出来。

两个人的交往快一年，一起出去的时候，她常常表现出她的慈悲和善良。看见有人用脚踢一只躺在地上的猫，她会小声地对他说："哎呀，你看，那个人怎么如此残忍呀！"

遇到乞丐来讨钱，她肯定赶快掏出钱包，要找零钱。他当然不让她出钱，但她的慈悲举措赢了他的尊敬和更深的爱。

还有一次，她坐在他的车上，路过一条乡下的小路。突然，从路边蹿出一只花鸡。由于太过突然，握着方向盘的他差一点无法控制汽车，轮胎大幅度倾斜，车子左右摇晃，他急急把车停到路边，幸好没出意外。

她也吓了一跳，用手按着胸口，第一句话却说："还好没有撞死那只鸡。"

他认为这是她最大的优点，对待众生，慈悲、平等。善良的性格是未来的日子里两人能长期相处愉悦的主要条件。

她也时常陪他一起去吃素菜。

大多时间他都素食。为了健康，同时也因为信佛，他不愿意只是为了自己的口腹之欲而伤害另一条生命。

"我喜欢素菜。"第一次约她去吃素菜的时候，她这样告诉他。

平日就算是约会吃饭不在素食馆，他也尽量不叫荤菜，她从来没反对，一副吃得津津有味的样子。

一年过去，他想起杂志上写的有关多巴胺的报道，于是打算向她求婚。

那天黄昏的约会定在一间新开的日本饭馆。

虽然不是素菜馆，但来过的朋友告诉他，有几道做得不错的素菜可供选择。

她刚坐下，就欢呼："啊，太好了！有我喜欢的……"

"素菜，是不是？"他也非常高兴。

那么多年来，一直找不到合意的对象，其中最大的一个原因，就是没有遇到喜欢吃素菜的女孩。

“不，不是的。”她把挡住自己脸部的餐牌放下，让他看清楚她喜悦的神采。“我最喜欢吃的是鱼生。”她笑起来，眼神妩媚，非常好看。

“喏，”她指着餐牌上一盘切成薄片的鱼生照片，鱼生上面还铺了数片青色的菜叶子，“就是这个。”

他感觉眼前的她变得陌生起来。

侍者把她点的鱼生拿来了。

她开心地说：“你看，一片片，像雪一样白，看起来就知道新鲜可口。”

侍者刚走开，她立刻将一片鱼生放进嘴里：“唔唔，我连芥辣也不放的，免得破坏了鱼原来的鲜味。”

一副很享受的模样，慢咬细嚼。

看着她咀嚼着雪白的鱼生，不知道为什么，似乎见到她的嘴边有一丝血流下来。他突然体会到体内多巴胺突然下降的奇异感觉。

“我……”他不禁结巴起来。

“怎么啦?”她娇嗔地说，“这是我的最爱，我不会分给你吃的哦。”

她看见他摇摇头咽了一口口水，扑哧一笑：“不准吃我的，你自己叫一盘。”

她不知道，求婚的话被他咽了下去。

袋中的纽扣

“咦！”她在整理衣服的时候，发现一件旧上衣的口袋里，有一颗纽扣。于是，她先从这件袋里有纽扣的旧上衣开始，将衣橱里每一件有纽扣的衣服，一件件仔细地查看。

找不到纽扣脱落的衣服。

看来，这纽扣不是从她的衣服上掉下来的。

圆圆的，乳白色，有两个线孔，是一颗普通、不起眼的纽扣。它是什么时候掉落，然后放在她旧上衣的口袋里的呢？

衣橱挤得爆满。她在一个周日的下午，坐在房间里，计划将已经不穿的，或是穿不下的，或是不喜欢而从没穿过的衣服，清理出来，捐出去。

这件旧上衣，许久都没穿了，为什么口袋里会有一颗纽扣？

纽扣是什么时候放在里边的呢？她一点印象都没有。

“是你的吗？”她拿出来，到客厅去问常年对着电视的丈夫。

他的眼睛并没有离开那个充满声色光影的“小箱子”：“什么东西？”

“纽扣。”她将它放在掌心，伸到他面前。

他随便瞄一眼：“不是。”

这是她预料中的答案。她预料中有两个答案：一个是“不是”，另一个是“不知道”。生活在一起已经二十多年，后来的这十几年，她拿给他看的东西，他通常什么也看不到。

说实在的，只是一颗旧纽扣，确实没必要费神去找它原来到底属于哪一件衣服。

她只要把纽扣随手一丢，便什么烦恼也没有。她却为那件缺了一颗纽扣的衣服担忧起来。

纽扣的作用是把衣服扣紧，不让人看见隐藏在衣服里边的身体。少了一颗纽扣，衣服便有个缺口。一不小心，会让人看见那个缺口里的身体。

每次出门，她无论是单独出门还是和丈夫一起，都很注意自己和丈夫的衣服是否都扣好。

应酬的时候，聚会的时候，聚餐的时候……不管何时何地，她永远笑意盎然，衣着整齐，打扮得无懈可击。

认识他们的朋友，都羡慕他们的幸福。

“快二十五年了吧？钻石婚，坚硬稳固哪！周年纪念别忘记请我呀。”

像某银行的广告，因为稳如泰山，所以安全。

安全的婚姻，令人放心，像扣上纽扣的衣服，什么都不会让人看见。

可是，手上有一颗不知道从哪里掉落的纽扣。

她想一想，过去打开丈夫的衣橱，一件一件衣服拿出来查看。

“咦！”果然让她找到了。

她将少了一颗纽扣的衣服拿出来，一比，掉的纽扣果然是手上的这颗。

她吁了一口气，有大功告成的欣悦。

晚上再叫工人缝回去。

她把衣服从衣架上脱下来，突然，一颗纽扣从丈夫衣服的口袋里掉出来。

“咦！”——那是一颗米黄色，三个线孔，方形的纽扣。

花　　凋

他在客厅看报纸，面无表情。

她在客厅擦地板，没有笑容。

每个周末早上，都是这个样子。

他翻着报纸，她的抹布就快到他脚下来了。他于是抬脚，将其搁到客厅的小桌子上，这时他才发现小桌子有一瓶花。

这花有点像他最近买来送人的，好像是叫玫瑰。

花店的人说:“这花最适合送女朋友了。”所以他就买了。

他对花从来不留意，花的名字对他并不重要，而且那花已经开始凋谢，有数片花瓣落在桌上，像她身上的旧家居服，总是灰灰白白的，看不出原来的颜色。

他有点奇怪，不知道她最近怎么了，时常买花回来。

但他没有问，也不再注意看花，手上的报纸还未看完，他的视线回到报纸上。

她冷冷地看着地板，用力地擦着，就算走到他面前，她也不看他。

当她的眼睛掠过桌上的花时，一丝温柔、一些惋惜，从心中悄悄涌上来。

他没有看见。

报纸上有一幅漂亮女明星的照片，女明星的衣服窄得容纳不下她自己的肉体，她的裙子，短得遮盖不住她丰满的大腿。

那么结实圆润的大腿，真叫人心慌意乱，忍不住生出遐思。

似乎有清脆的笑声在耳边回响。

他看见眼前，一个充满诱惑力的女人在弯腰对他说话："经理，要是我真的升了职，我一定会好好答谢你的。"然后她眯起眼，斜斜地看着他。

她的眼睛里盈着万种风情，真迷人。

"真的？"他挑一挑眉毛，试探性地问。

"当然是真的。"当她笑得花枝乱颤的时候，身体一直在耸动，短裙好像变得更短了。——女性的魅力真让人招架不住啊！

报纸的一个角落有一句广告，大大的字写着："心动不如马上行动。"

电话在这个时候响起来。

她一手拿着抹布，一手拿起话筒。

"你等一下。"她放下电话，到房间去听。

他知道她有很多八卦朋友，常常都给她电话，以说别人家的闲话为乐趣。

他放下报纸，看一下桌上的手提电话，最后决定到外头去打。

"我出去一下。"他朝房间喊了一声。

如果他走进房间的话，就会看到一张春意盎然的笑脸，笑得花枝乱颤的身体一直在抖动："你送来的花，好漂亮哟！"

电话接通了，他听到她在电话那边笑，笑得花枝乱颤。他想象着她抖动的身体。

无人的客厅，桌子上的花，正一瓣一瓣地掉在桌子上。

烧

院子里积了很多叶子，只种一棵杧果和一棵刺桐，地上的青草便长不出来。树荫下光秃秃的，没有绿草，一地黄褐的叶子，是从树上掉下来的。他把树下的叶子扫成一堆，用草耙耙到篱笆的一个角落，从屋里拿出旧报纸和火柴，开始把火点燃起来。

这几个星期天气干燥，本来雨季早该到了的。

因为干燥，生火变得容易，一下子，火就熊熊燃烧起来。

篱笆角落处本来就堆着一些修剪下来的枝叶，虽说树叶落了一地，但两棵大树的枝叶仍然非常茂密。无法在树下燃火，正好把叶子耙到篱笆角落处一齐烧掉。

这些枯枝败叶，被妻子挂在嘴上念叨了好几个星期。“院子里那么多枯枝败叶，有人来的时候，多难看呀。”“你到底什么时候去清理一下嘛，那些发黄的叶子，真讨厌。”“我说话你没听见吗？要叫多少次你才甘愿动手呢？”“你再不处理，我就叫印度工人来了。”

印度工人每个月来割一次草，每次要付给工人四十元的割草费。那工人的工作态度很差，只负责割草，叫他一并清理草地和院子，他说要另外付酬劳。“多少？” 他问。 印度人说“五十”， 意思是再加十元。 他不给。 随便这样扫一下， 要多给十元？ 他说：“太贵了！” 那印度工人没有反应， 本来黧黑的脸更黑了。

妻子怕晒， 阳光是她的仇人， 况且她皮肤特敏感。 有一回清理树枝树叶后， 她全身皮肤发痒， 整个晚上爬上爬下， 吵得他也无法睡好。 隔天去看医生， 医生给她一些药丸和药膏， 等于给了她一张证书， 此后她对这些工作概不负责。

他任由妻子唠叨。 其实他早练成一种功夫， 没让妻子知道而已。 她说她的， 他什么也听不到， 根本不必用耳塞。

只是， 他看着落叶堆得高了， 确实不成样子， 他若不做， 付钱给印度工人做， 又觉得不甘心。 早上吃早餐时， 妻子对着咖啡说：“今天不必上班， 你把那些树叶清理一下。” 不知情的人看见她的表情， 以为她是叫咖啡去扫树叶。 他则对着报纸说：“嗯嗯嗯。” 妻子问咖啡：“什么叫作‘嗯嗯嗯’？ 为什么每次说话， 回答都是‘嗯嗯嗯’？” 咖啡自然不会回答她。 他对着报纸继续说：“知道了知道了。” 妻子照样骂咖啡道：“知道了知道了， 你已经知道好多个星期了。” 他大声对报纸说：“我今天就去做好不好？” 妻子问咖啡：“你会做？ 你今天就会去做？” 语气轻蔑且不信任。 他不再对报纸说话。 让妻子说最后一句， 问答才会到结束的时候。

要是有人听见， 以为他很听妻子的话。 根据相处多年的经验， 他今天如不去清理院子和草地， 同样的一句话， 妻子会不知厌倦地从清晨念到晚上。 与其说他听话， 不如说他希望耳根清净。

他的愿望无法成真。 火刚点燃， 妻子走过来， 站在一旁又开始说话：“叫你砍掉这两棵树你不听， 这么多年来只给人一堆树叶。 你看！” 指着地上他清扫后堆聚在一起的树叶， 声音提得高高的， 表示她的不满。“要种杧果， 起码选品种好一点的， 甜的。 这种杧果， 果子小， 又酸得要命， 没人要的你却拿来种。” 她叹息着， 声音再高些。“那棵刺桐更糟糕， 连果实都没有的树你也种？ 到底种来做什么？ 红红的花有什么用？

看着美，美有鬼用？一地的树叶，一地的落花，颜色像血一样，难看死了，不如砍掉。你听到没有？不如砍掉！”

她重复地说着，他不是没听到，但他明白不可回答，无论答案是什么，总是不能如她的意。他用树枝拨弄着火堆，把火烧得更旺一些，又用草耙把树叶扫进火里，心里希望快点把这些树叶都解决掉。

“你会不会啊？烧树叶你也不懂？你这样弄得火烟四处飞来飞去，熏到我的眼睛了。”妻子哇哇叫。

“你进屋里去呀。”他在心里瞪她，外表却看不出来，因为他只是轻轻地说。

“我，我看你一个人，出来要帮你的忙。”妻子生气，哼道，“真不识好歹！”

然后愤愤地回屋里去。

他把树叶、树干、树枝，甚至连草耙都放进火里一块烧。浓烟令他的眼睛不舒服，眼泪流下来。他一直在想。火势越来越小，最后变成一股黑烟，他还是想不起，当初到底是为什么而结婚。

眼泪一直流个不停，火灭了，渐渐地，剩下一地的灰烬，袅袅的烟在空气中缓缓飘散。

岁月的眼睛

三十年后，和何子明分手那一天的情景突然清晰地出现在李菊如的脑海里。“菊如，谢谢你。”何子明诚恳地说，“我等一下就搬出去。”

李菊如相信他是真心的，因为这件事拖得太久了。算一算，有三年多吧，读一个学士学位也不过这样长的时间。李菊如在这个时候，清醒地明白自己的愚蠢，居然把宝贵的时光浪费在一个男人身上。

而且是一个已经不爱她的男人。

真是没有骨气，她对自己苦笑。

“不必道谢。”她冷冷地说。三年“抗战”，终于让她清楚，世界上没有谁会因为失去谁便活不下去。时间是良药，再苦也可以逐渐淡化。

当初一听到何子明提出分手，李菊如只觉得晴天里打了个响雷，无法接受。霎时的反应是：太没面子了，何子明太过分了！无论怎么样，都不能让他得逞。

双方进行拉锯战的时候，她每天都在心里极力丑化何子明，想起往事时，把他所有的缺点盘点出来，像倒在水里的油，浮在最上面，清楚地看见，不让它们有一丝逃遁的机会。

要是何子明一个优点都没有，李菊如怎么会对他产生一段情呢？

不过是不愿意承认罢了。一切都是因为，先开口提出分手的人是他，就是这一口气咽不下。

李菊如完全没有想过，何子明其实可以一声不吭地走开。如果他真是这么无情，沮丧的她又能够怎么样呢？最后不也只好接受苦涩的现实，把内心的怆痛包扎起来。

“我走了，有什么事需要我帮忙的话，一定要打电话给我。”何子明紧紧地握着李菊如的手。

李菊如面无表情地看着他那熟悉而陌生的背影渐渐远去。

每一段感情的开始，都充满美好的期盼和憧憬，没有人想过，到了最后会不会变成丑陋不堪。因为谁都不知道，故事的尽头究竟是如何的。

他们已经到了谈婚论嫁的程度，实在想不到会有意外的风波。

“婚后我妈一定要和我们住。”试婚纱的那天，何子明说。

“啊，”李菊如张嘴，对着镜子看着美丽的自己，没把何子明的话放在心上，只是坚持，“不，我不习惯伺候老人家，恐怕讨不了她的欢心。”

“我妈很好相处的。”何子明不妥协的态度也很明确，“况且我也不放心让她老人家单独一人住。”

这样一件看起来非常简单的事，两个人却分别站在河的两岸，各说各话，而且互不让步。

离开婚纱店后，两个人的婚期搁浅了。

虽然嘴里不说，但李菊如心里一直在想：“我就是要得到答案，是我重要还是他妈妈重要。”

何子明却是另一番心思：“爱屋及乌也做不到的话，是真爱吗？”

之后两人没有继续争执，但是，同居一室，每天见面，双方都感觉到热情在渐渐冷却下去，感情犹如一颗搁在阴暗角落的大石头，不见阳光久了，便生出斑驳的青苔。何子明不但没有再提结婚的事，反而建议：

"也许应当分开一阵子，让彼此冷静一下。"

这个建议听起来非常理性，对李菊如却是深深的伤害。她一拖再拖，就是不愿意和何子明分手。

只不过，后来，后来也就男婚女嫁，两不相干了。

现在回忆起来，舍不得和他分手的最大原因，是由于他真是一个好人。

三十年后的今天，当独生子刘家良回来对她说："妈妈，我要结婚了，不过，春丽说不习惯和老人家一起住，希望你能够谅解。"

岁月仿佛有一双眼睛在看着世事的流转，李菊如真希望刘家良是何子明的儿子，能够遗传何子明的善良和孝顺。

有一首歌

她听到一首熟悉的歌。

那时她刚刚走进咖啡厅， 还没坐下。

那首歌令她一愣。

通常在咖啡厅播放的， 都是通俗、 流行的歌， 但是， 这一首很老的日本民歌， 却是她不曾在其他咖啡厅里听过的。

“樱花啊！ 樱花啊！ 暮春时节天将晓， 霞光照眼花英笑， 万里长空白云起， 美丽芬芳任风飘。 去看花， 去看花， 看花要趁早。”

教她这首歌的是一个姓李的男老师。 刚上中学的女生， 都喜欢这个李老师。 他有一张忧郁的脸， 很少笑， 但这恰恰是他的迷人之处。

他嗓音低沉， 可是她们一班同学都觉得他唱歌最好听了。 尤其是当他唱起歌来时， 他的眼睛总望向教室外的天空， 有时有一两只鸟儿飞过， 有时则没有， 可他的眼神都显得那样向往。

这里她是第一次来。 朋友都说这里的女老板泡的咖啡好喝。 为了这首歌， 也许她下次还会选择在这儿喝杯什么。

她坐下， 叫了咖啡。

她在等一个朋友。

第一次听这首歌的时候，离现在已经有十五年了。想到这一点，她不由得悚然一惊。

而她等他，等了多少年呢？

开始时，他说给他一年时间，后来，说再多给他一年的时间，再后来，又是一年，又是一年……现在他已经不说这样的话了。他已经习惯让她等他，就算是约会，他也总是迟到，借口非常漂亮："我老婆怀疑我，我不能让她知道你，要不然，只会给你增加麻烦。"

有时候甚至没等到他。等到她打电话去追问，他却轻描淡写地回答："啊，我忘记了。"

"……去看花，去看花，看花要趁早……"

歌声一直在重复。

什么都要趁早，时光不留人。

当时她以为他是真心，"你得给我时间。"他说。

她真的给他时间，时间一晃而过，已经五年了。

男老师唱完歌，对她们说："好花堪折直须折，莫待无花空折枝。"

后来就听说他和另一个男老师的太太刘师母私奔了。

她们不相信，不相信那么好看的李老师会做这种事，不相信那么漂亮的刘师母会做这样的事。

"我不相信。"好友玲子说："你怎么会和他在一起？他不是有太太了吗？"

事情发生之前，谁也不知道什么事情会发生。

热热的咖啡渐渐冷却，她啜一口，是苦的，而且有点涩。

一个小时过去了，她的耐心也用完了。她招呼女老板来收钱，瘦削的女人走过来，她非常意外地叫了起来："刘师母！？"

虽然头发花白，脸上有了皱纹，而刘师母仍然那样好看，那样秀气。

"李老师呢？"她好奇地问。

"他……" 刘师母想了一下， 还是说了，"他跟另一个女人走了。"

语气像她店里的冷咖啡。

"啊！" 她想起那令人沉迷的忧郁脸孔、 低沉歌声。

她推开咖啡厅的门， 走了出来， 而那一首歌仍然在她身后， 不断重复。

时　　间

许多年后，赵小怡在路上遇到冯纯美，她说："对不起。"

冯纯美感到诧异。

"我已经结婚了。我的先生有一个孩子，我现在也是人家的后母。"赵小怡道歉的原因在此。

冯纯美想起多年前的那一天。

签字的手，有点颤抖。

放下笔的时候，冯纯美镇定地抬头，她深深地吸一口气后才开口："谢谢你这些日子以来的……"

没等话说完，她的眼泪就已经滚下来了。

她无法再对赵加辉说什么，因为她甚至都不晓得应当叫他什么。

赵加辉低着头，没有回答。

冯纯美是他所爱的女人，但是，他仍然失去了她。

爱情原来并不只是两个人之间的事。

冯纯美从前相信爱情的力量，可是，她再也无法坚持她的信仰。

"爸爸，我们走吧。"赵小怡对着赵加辉说，她看也不看冯纯美一下。

赵加辉站起来："纯……，冯……"

他想叫她"纯美"，又觉得双方已经不是那么亲近的关系，要称她为"冯小姐"，好像又不至于陌生成这个样子，而他，还能说什么呢？

他终于一句话也没说。

冯纯美到这个时候才发现自己的幼稚，她把一切都想象得过于美好。

现实中，很多事情不能尽如人意。

当初答应赵加辉的求婚，自己真的只有一个单纯的念头，就是做一个男人的好妻子，一个孩子的好母亲。

赵小怡不接受她。从一开始，她就对冯纯美充满恶意。

无论冯纯美怎么做，赵小怡就是一句话："后母没有一个是好人。"

她把冯纯美当成坏人："我的妈妈是天下最好的，如果不是你，我爸爸就会一直等她回来。"

赵小怡并不晓得，是她的妈妈丢下她不管的，并且先放弃了和赵加辉在一起生活的权利。

"我的妈妈会回来的。"她一直坚信这一点，"只要你离开。"

冯纯美的努力毫无意义，赵小怡的固执是惊人的，她将冯纯美的善意说成是虚伪，还说："你不要以为这样就可以让我相信你。"

赵加辉在家时，赵小怡的态度会好一些，但是，她仍然冷冷地，不把冯纯美的努力放在心上："要是你真的有这样好，你就离开我爸爸，让我妈妈回来。"

时间改变不了赵小怡的偏见，一年的付出，令冯纯美心力交瘁。

赵加辉并不宠溺赵小怡，但是，冯纯美不让他因为这个而骂孩子。

最后，冯纯美不得不选择同赵加辉分手。

此刻，在灿烂的阳光下，满脸皱纹的冯纯美对赵小怡凄然微笑："当你终于明白的时候，时间已经过去了。"

瓷　碗

打破一个碗，全村人都知道。她是从那个年代过来的人。

在物质匮乏的时代，打破一个碗的代价是，她在前面跑，妈妈拿着棍子在后边追，一边大声责骂。于是，全村人都晓得，她不小心打破了一个碗。

没有人为她讨饶，因为破了一个碗，要重新买个新碗，这并非容易的事。家里的杯盘碗碟，用得太久了，直到缺了几个角，还舍不得丢掉，继续盛菜盛饭盛汤，谁也不知道用缺了角的瓷器来装食物，是不卫生的，更罔论美丽和精致。有得用就已经很不错了，谁顾得上精美与否。

后来她开始收藏陶瓷，特别是日常生活所用的杯盘碗碟。

所有陶瓷的制作皆须经过一番高温。店里的年轻售货员滔滔不绝地解说，仿佛在说明他店里的陶瓷为何标价昂贵。“先以陶土塑造出美丽的外形，然后再进入高温的窑，烧制成美好的瓷器。”他指着几个色彩变化非常奇妙的陶瓷说，“看，釉在高温燃烧下会发生奇特的质变。”他特别强调，“这在制作之前是想象不出来的，是自然的变化。”

多次到陶瓷店，她不是没有听过这些粗浅的解说，却因礼貌，沉默地跟着售货员的话点头。一件陶瓷的制成，无论粗糙不堪还是精美绝伦，都曾经过多种程序，就像每个人的生命历程，随着时间，随着历练，一切逐渐发生变化，有的可以控制，有的无法掌握。

“预期的效果，或是惊喜的变化，”她问，“是否影响陶瓷的价格呢？”这一点是她不停在追究的。

售货员迟疑了一下，然后答道：“多少吧。”

当年她的志愿是做一个老师，没想到两次报考师范学院竟然都失败了，带着失意的心情去当保险销售员。随后是更大的意外：她的业绩越来越好，最终成为一个销售明星，成为诸多后辈学习的典范。

她的家用陶瓷全是进口的名牌产品。就算闲暇时喝杯红茶，也要将英国皇家牌子的陶瓷茶具成套摆在桌上。不过，坐着喝茶的往往只有她一个人。

年过四十、事业有成的女人，要结婚，难度日高。她喜欢的男人，大都被家庭套牢，喜欢她的男人，她却存有戒心。

爱上的是她的人还是她的事业有成？她怀疑的态度表现得很明显。男人走开的时候，她一边叹息一边松了一口气。

有时候购买陶瓷，是因为它外形的精美还是制作者的名气？她自己都分不清。

售货员热情地追问：“有没有看到喜欢的？”

她没有回答，也没停下脚步仔细观看。

收藏多年，越来越难买到中意的货色。

“眼界高”，听着仿佛是在称赞，其实自己的内心却是不断的失落。

就像选择男人，四十岁以后，条件跟着年龄增加，看入眼的，仿佛都在别人家里。

售货员不放弃，抓紧机会跟在她后面介绍，说这个不错，那个也好……

她步伐加快：“再看看吧。”

不停地购买，不断地收集，似乎没有心满意足的时候。然而，不论多么珍贵的收藏品，累积到庞大的数量，每日时刻相对，看久了，都不过就是陶瓷。从前听不懂老一辈人的体验，说什么“看山是山，看水是水”，在长期收藏陶瓷之后，她终于恍然大悟。

两手空空回到家里，对着寂寞冷清、装饰豪华的房子，对着一橱无声的精美陶瓷，她的眼泪突然哗哗哗地流下来。

她打开橱门，选择一个最喜欢的碗，拿出来看了看，一丝不舍掠过心头，最后还是把手松开了。瓷碗掉在地上，“咣啷”一声，一地的碎片。

相处之道

结婚三十周年纪念日，孩子们特地为他们举办了宴会。

亲戚朋友都来了，大家口中说着祝福和羡慕的话。

私底下当然也说。

“真是很不容易，这个年代，有多少人结婚三十年还在一起?”

“相爱不难，相处才是门学问。”

“说实在的，比念个哲学博士学位还难。”

“这么多年来，照样如此恩爱，真叫人羡慕。”

热闹过后，日子和从前并没有分别。

早餐前，两人相偕到附近的公园晨运。

在公园里，一个绕园慢走，一个练气功。

各自遇到朋友，停下来说几句话。

一个小时后，两个人一起慢慢踱步回去。

“叫你练气功，你总是不听。”她每天练完气功，都说同样的话。明知道说了也白说，却还是习惯性地说一遍。

“叫你慢走，你不也不听吗?”他在心里回答。

“气功的好处你听得多了，就是不照着做。”她碎碎念，“我知道，凡是我说的，你都觉得没道理。”

其实她弄错了，他无所谓有道理还是没道理，他只是听，一路往前走，习惯性地到公园前边的咖啡店去。

两个人的早餐就在咖啡店里解决。

她叫了清汤米粉和豆浆，他叫咖喱面和咖啡。

“医生说不要吃咖喱，更不要喝咖啡。”她面无表情，冷冷的语气，“你不听医生的话，为什么还要去看医生？”

他没出声，却在心里回答了：“医生哪有这么说，是你说的。况且几天吃一碗咖喱面，每天一杯咖啡，我才不相信会怎么样。”这些话从来都没说出口，他继续在肚子里回答，“你的话根本是多余的。”

早餐过后，他一到家就先看报纸，她则开始干琐碎的家务。

“叫你看完报纸要整理一下，从来不做。”“你的杯子不能够洗一洗吗？”“你的运动衣满是汗臭，不要乱丢不可以吗？”无论她说什么，他都没有出声。

真实情况是他根本没有听到。

阅读报纸的他，全副精神都集中在报纸上。这一份报纸是从早上看到晚上的，他慢慢地，一个字一个字地，包括小小的广告栏，他都仔细阅读。

午餐也非常简单。住在附近的女儿，家中有工人煮午餐给孙子吃，顺便带两道菜过来，她只负责煮饭。

“吃饭时就专心吃饭可以吗？电视不能等一下看吗？”他特意放一个小型电视在饭厅，为的就是一边吃一边看。有时候是看电视节目，有时候是放影碟片。

他的嘴巴忙着吃饭，眼睛忙着看电视，没有回答。

“老陈的太太听说中风了，情况不好，我等一下过去探望她。”她收拾桌子的时候说，“你睡午觉起来的时候，记得把米洗一洗煮晚饭。”

晚餐的菜肴也是女儿家的工人煮了带来的。

对她的这句话，他倒是下意识地点头了。

他没出声。在家里，他一天都没有出声，但她知道他是听到的。有时候就这样静静地，各做各事。有时候她会生气："每次说话都不回答，你到底有没有听到？"

他仍旧没有回答。

这是他与她的"相处之道"。是花了好多年，调整适应，慢慢琢磨出来的。

三十年的婚姻生活，要说难，也不算太难，要说不容易，其实还真是不容易。

未　　来

事情是从大家说到算命的时候开始的。

是胡丽娥先提起的：“我家附近来了一个中国人，据说算命很灵。”

这句话刚出口，你一言我一语，个个同事都要胡丽娥介绍，都要算命去。

“我最希望知道自己的未来到底是怎么样的。”小光说。

正当大家纷纷发表有关算命的意见时，营业部的杨柳珠问：“你们要不要听我的故事？”

“是不是和算命有关的？”不知道是谁这么问道。

杨柳珠想了想，答道：“可以说是吧。”

“好啊！”大家的兴趣都来了。

杨柳珠低头想了一下，才开始讲述她的故事。

“两年前，我生日的那一天，独自一个人在购物中心闲逛。我决定要为自己买一份生日礼物，但是找来找去，都找不到适合我的并且我喜欢的东西。走了几个小时，脚都累了，我于是在公共椅子上坐下来，无意识地抬头，看到前面有一间算命馆。”

大家的眼睛充满了好奇。

“我非常想进去算一下自己的命运，正要站起来时，一个女人越过众人走到我面前来，叫我‘柳珠’。我很奇怪，这个女人怎么会认识我呢？看她的长相，好像很陌生，却又有熟悉的感觉，我实在想不起她是谁。”

“于是，我问她：‘你怎么会认识我？’她一点都不惊奇，只是对我笑，说：‘我当然认识你。’我仔细地打量她，她大约有四十岁，衣着很旧，样子看起来有点落魄。而这个看起来过得不怎么如意的中年女人，她叫住我，是为了什么？”

杨柳珠说到这里，顿了一下。

在大家充满期盼的目光下，她继续说下去。

“我突然担心，她是不是要跟我借钱？于是我冷冷地对她说：‘我不认识你。’‘你认识我的。’她丝毫不生气，反而坚持地说。‘我从来没有见过你，怎么会认识你呢？’我仍旧给她冷眼。‘这点我们不用争。我问你，你要去算命是不是？’她不与我争辩，只是很肯定地问我。我一怔：‘你怎么知道？’‘你不用去那里算命了。’她说，‘你只要看看我，就知道了。’”

大家张着嘴，更加期待下文。

“这时我以为碰到一个女骗子了。在城市里，什么事情不会发生呢？所以我不理会她。本来想要自顾自走开，她却叫住我：‘柳珠，你再看清楚一点。’我生气地问：‘看什么？’她不介意我的坏脾气，平静地说：‘看我呀！’我哼道：‘你有什么好看的？’她突然走近我，在我的耳边说：‘我就是你的未来。’我一听，不太明白自己听到的是什么，连忙追问：‘你说什么？’她不再回答我，只是轻轻地对我说：‘如果你想要知道你的未来，非常容易，你每一年这个时候，都到这里来，我就会给你看看你的未来是什么样子的。’

杨柳珠的话停在这里。

没有人出声。

过了好一会儿，不知道谁先开口："后来你有没有去。"

杨柳珠没有出声。

一向胆子很小的小光声音颤抖："杨姐，你到底有没有去？"

"我没有。"

"为什么？"

"你喜欢知道你的未来是什么样子的吗？"杨柳珠回问，"我不想知道。"

她说完便走开了。

后来，公司里的同事，没有人再提起算命这件事。

电　话

阳光炽烈的下午，刚从外边走进屋里，一身汗的她还没来得及打开冷气，电话就响了起来。

这个时代，已经很少有人打固定电话。

找人时通常打手机，最直接也最方便。

家里的电话，只有少数的亲戚或者是亲近的老朋友才知道号码。

是谁呢？她诧异。响声猛然断了，还没喘过气，马上又铃铃铃地响起。下意识地拎起话筒，那端的声音就在耳朵里，仿佛那人就贴在耳边说话。

“是我。”他说，声音一如从前般温柔。当年为了听他悦耳的声音，她总是让他说话，听得她心动不已。

他有一副电台广播员的好嗓子。

可是，现在，他只一声“是我”，就没再接下去说。

“是你。”她平静地说，尽可能控制着情绪，语气里没有惊喜，仿佛知道他有一天一定会打这个电话来。

都没有叫对方的名字，可是两个人都清楚对方知道自己是谁。

有一丝温暖流进她的胸膛。

原来他仍然记得她的电话号码。

有一丝酸楚在她心里升上来。

原来她还是没有忘记他的声音。

中间有多少岁月流过呢?

没有细数。

平淡的日子谁也不会去数时光。而时间就是这样，越来越快，越来，越快。年头大家见面都说“快过春节了”。转眼到了清明节，眨眼又是端午节，中元节紧跟在后边，然后是吃月饼的中秋节、吃素菜的重阳节，很快，搓汤圆的冬至又接踵而至，眼看，一年又过去了。

不管你是否在感慨，时光的脚步不会为任何一个人、任何一件事或任何一件物品停留。

不必等春节来临，冬至一过，老年人就说要添一岁了。

年轻时听着好玩，觉得年头加一岁，年尾也加一岁，有什么关系!然而，一过四十，开始日日计较，不到生日那一天，不承认自己的岁数。到了生日那一天，心里依然不愿承认。

人们说，二十五岁一过，女人就不懂怎么计算年龄了。

两个人分手的时候，还没有四十岁。岁月匆匆，许多东西在时间的长河里出现变化，但他的声音仍然没变。据说从人的声音里听得出说话人的年龄。倘若如此，他的外表是不是也还和从前一样呢?

抬头看见墙上的镜子，镜子里的女人，眼角有皱纹，嘴角下垂，脸颊细细的黑斑已经出现一段时间。美容师说这是时间的杰作，最佳解决办法是去做个微整形。“这个时代，谁没做过小整容?也不必去韩国那么远的地方啦，国内就有，随便一个都做得不错。”类似的话，听到的时候虽然没有五雷轰顶那么可怕，心里却也浮起隐隐的哀伤。

“你好吗?”声音在耳边，温柔如昔，磁性仍具。这声音叫她笑过，哭过，挣扎过，最后选择放弃。至于原因，她曾经追究过，最终在迂回曲折的岁月里，明白了人生没有圆满的道理。

一个电话，却让她明白了一件事。——原来，对这份感情，她仍心存憧憬。

“好。”佯装平静沉着的口气，让他以为她把他的来电当作意料之中的寻常小事，事实上却是万分的意外，满心的感动。

真的没有想到，过了那么多年，他还记得她的电话号码，还记得她。

“我听说，你的出版社最近出了一套少儿科普读物？”

原来他还关心着她！

她感觉自己的眼泪快流出来了。

那么多年，那么多年！不是已经变成过眼云烟了吗？

从前谁对谁错都不重要了，他心里还有她，他一直还在关心她。

温暖涌上心头，声音变得急切热烈：“是，是的。”

“我儿子想要一套，你帮我打听一下？”带着磁性的声音，似乎夹杂着火焰，她耳朵倏地被灼伤了，好痛！她喊不出来，感觉有一阵寒风袭到身上来。

是谁打开窗户？是谁打开冷气？

永远寂寞冷清的屋子里没有别人呀！

她轻轻地回应一声：“好。”

声音从高处跌到地上，她第一次知道声音也会痛。

原来如此。

他给她打电话，只不过，原因如此。

电话挂了，她坐下。屋子冷气并没打开，但寒意一阵一阵涌上来。伸手擦一下脸颊，泪水却是热的。

开门一生

一

他把门打开，朝阳照耀在单车上，闪亮的光彩，一直闪到他的心里去。虽然是部二手单车，却是他极为珍爱的，尤其，这是他考试成绩优秀换来的礼物。已经要求了一年多，父亲总说他年纪太小，脚不够长，要再过一年才买这跑车型的单车给他，他等不及。他的同学个个都骑着跑车型单车，他不是怕输，只是继续再骑那迷你单车，同学的嘲笑声会把他淹没。他关上门，骑上跑车型单车，兴奋地朝学校的方向踩去。

他不喜欢被人嘲笑的滋味。

二

门打开来，他心满意足地把崭新的电单车推出门外。昨天下午才从店里骑回来。夜里他考虑许久，还是不放心把车放在门口。最近附近多间屋子租给外劳。据说外劳众多的地方，失窃案件特多，不知道是不是事实。这部电单车花掉他几乎五个月的薪水，他不能不小心一些。二手电单车当然便宜，不过，新车比二手车漂亮。他关上门。电单车巨大的引擎声吵到隔壁的人家，但他没有注意。

他不喜欢被人轻视的滋味。

三

铁门打开，他把国产英雄车开出去。今天要把这车开到丰田车专卖店，换一辆新的丰田。这是他奋斗多年的梦。“国产车哪里可以用？”这话是朋友说的。事实真是如此。用不到两年，一下小修，一下大修，花钱不必说，花时间才是问题。丰田车，有口皆碑的著名好车。开着它，不仅见客户谈生意时充满信心，载女朋友时更是拉风。他脸上的笑容比外头的阳光更灿烂。他下车关上铁花门，再上车关上车门，踌躇满志。他的下一个目标是马赛地。

他越来越喜欢被人看重的感觉。

四

自动玻璃门在他们靠近时，自动开了。工人推着他，他坐在轮椅上。工人是印尼女佣，是儿子请回来照顾他的。说是儿子请的，用的可是他的钱。身为亿万富翁，他的儿子不论做什么，都有用不完的钱。他现在家中有数辆名贵豪华轿车，还有几艘游艇，他出门想坐什么车都行，但他大多数时间是在家里，在轮椅上。中风以后，他越来越不爱出门。

他不喜欢人们用怜悯的眼神看他。

五

工人按一下电钮，门逐渐往上升，门完全开了以后，工人再按另一个电钮，他被缓缓送进去了。躺在棺木里的他，曾经不喜欢被人嘲笑，不喜欢被人轻视，喜欢被人看重，不喜欢被人怜悯，现在，什么感觉都没有了。

门徐徐关上。

焚化炉的火熊熊燃烧起来。

纠　　葛

她打电话给杨，语气迟缓：“我——我想去车站……”

“啊，那真巧，我正要到那儿去买张车票。”杨说，毫不犹豫地。

有时候，她怀疑杨在她面前老是说谎，因为不管她要去哪里，只要是找到杨，杨都正好有事要去她说的那个地方。

“我来载你。”杨总是这么说，于是她顺理成章搭了便车。

本来她可以自己乘巴士或者叫的士，但她不敢单独一个人去办事。不是语言或者别的什么能力不足，而是一种心理上的障碍。

从前她不管做什么，都有邓的陪伴，依赖的日子太久了，就变成了习惯，像喝上瘾的茶或咖啡，很难戒除。

她明白自己的毛病，但改是另一回事。

杨很快地来了，她安心地和他一起到车站去。

对车站，她一点也不熟悉。这个永远人潮涌动的地方，她平日很少来。

她的朋友不多，自己又很少出门，就算要去哪里，搭巴士也是最后的选择，尤其是和邓在一起以后。车站，对她而言，非常陌生。

只有一次，她从南方回北方的时候，邓在这里接她。

但那时候，她什么也没看到，刚下巴士，邓就出现在她面前，把她的东西接过去，带她穿过人群，走过天桥，到对面的停车场乘他的车。

她记得那天，巴士开进车站，透过玻璃窗口，她的眼睛只看见邓清瘦的脸、高大的身材、渴望的眼神，至于车站究竟是什么样子的，她到现在也说不出来。有邓在的时候，她根本就无视其他的一切风景。

她只看自己想看的，只想自己想想的，只记自己想记的，她就是这样自我的一个人。

这样的天真造就一种无知，对自己也不满意的她有时候会问邓："你到底爱我什么？"

邓摇头："我也不知道。"只是把她抱得更紧，好像担心她会突然消失。

她每次一看见邓，就什么都不放在心上了，除了邓，她的眼睛容不下别的，于是她就什么也看不到了。

和杨到车站，她才发现原来车站是如此嘈杂脏乱。

大型车开走或者开进来时，整个车站都被一阵浓浓的烟雾笼罩着，提着行李的人就在弥漫的烟雾中匆匆来去。

吆喝声、吵闹声，像悲哀一样不断地泼溅到她身上，她静静地在各种高分贝的声音和内心难以抗拒的悲伤里走着。

"我去那边买一张车票。"杨说，"你站在这里，别乱走，小心一点。"

一个蓬头垢面，浑身臭气的流浪汉经过她身旁时，撞了她一下，一向有洁癖并且对此非常敏感的她却没有任何反应。

穿过黑压压的人群，就在卖甜甜圈的摊子边，她依稀又看见那个下午的邓，清瘦的脸、高大的身材和渴望的眼神。

交织在喧闹车站里的是悲伤别离和欢乐相聚的网，但空气中隐隐浮动的却是她忧郁苍凉的牵肠挂肚。

酝酿许久的眼泪再也撑不住了，在灰蒙蒙的人来人往的车站里，寂然无声地掉了下来。

“可以走了。”杨走过来，拍一下她的肩膀。

邓走了，就是这个时间的班机，她没有到机场，却到车站来送机。

而邓不知道。

邓不知道，无论他走到多远，他总是在她心里。

她低头用纸巾把眼泪轻轻抹掉，按着鼻子：“走吧。”

杨把她送回去，她刚下车，他就在车上把刚买来给她看的车票撕掉了。

找这么一个借口，就为了看见她，陪伴她。

只是希望有一天，她会知道，知道她总是在他的心里。

脸书上的脸

打开脸书，好像打开天窗说亮话，不是每天，而是每时每刻。李如玫毫不理会别人怎么说她，她像被罚写报告书一样，分分钟在脸书上，很有规律地做记录。

虽然，她向来没有写日记的习惯。

“今天的午餐。”打好这行字，她就PO（贴）上去了。字的上边是数张照片。餐馆的名字，午餐的食物，饮料，包括甜点。照片里通常不见有人，如有，也是她一个。

老友苏珊问她，答案是“隐私呀”。

苏珊愣了一下，她的脸书几乎成为一本公开的日记簿，还讲什么隐私？

何时何地，做何事，不管大小轻重，李如玫都在脸书上昭告天下。比如，上个星期六全家去海边六星酒店吃晚餐，食物有生蚝、鹅肝、鲍鱼、海参、鱼翅等；星期日和女儿在市区最多名牌店的顶级商场购物；星期一儿子约她到以价昂著称的私房菜餐厅吃午餐等等；节日时老公送的各种贵而不实的礼物；和老公一起庆祝的烛光晚餐；到某地旅游的景区；甚至，在欧洲旅行时看到国际名牌刚推出的新款镶钻手机套子，她立即买下，马上拍照，上脸书分享她的喜悦。

一举一动，全都有照片和文字为证，还有一大堆脸书网友的回应，“赞”个不停。

午餐过后，李如玫和儿子说拜拜，儿子回公司继续上班，她叫司机开车到城中刚开业的意大利咖啡馆。苏珊已先到。叫了茶点，还没开始吃喝，“你先帮我拍照。”李如玫把手机交给苏珊，非常自然地摆起拍照姿势，“拍美一点呀！”

苏珊听李如玫的指示，继续拍咖啡和蛋糕，还有她新买的LV包，把咖啡桌上的玫瑰花也拍了。

“看得出是两人份么？”李如玫问，“要让人看到是两个人在喝咖啡呀！”

不是说隐私吗？苏珊没有提问，她早已明白，不让对方高兴的问题，不必提。

“你自己看看。”苏珊要把手机交还给她，她摆手，继续摆姿势：“慢点慢点，我的人头照你多拍几张。”

李如玫对脸书如此投入，苏珊觉得有点可笑。已不再是十八九岁的年轻人，生活也会被脸书占领？她还真是想不通。“拍太多了吧？”

“不会不会，我还要挑选哪！”李如玫经验老到，“不美的马上删除，美的才PO上去。”

“哪。”终于完成任务，苏珊说，“手机还你。”

看看手机里的照片，李如玫皱起眉头：“不行不行，居然拍到我的皱纹。怎么额头、眼角、嘴边都是？我有这么老吗？”

苏珊不回话。一般人喜欢听悦耳动听的话，而不是真话。

从小和李如玫一起长大，她知道李如玫不会喜欢也不会接受真相。

“没关系。”李如玫自有解决办法，“我有‘美图秀秀’。”

“什么‘美图秀秀’？”苏珊自知远远比不上李如玫，但也习惯了，除了学习成绩，其他方面，她一向落在李如玫之后。

就连婚姻，李如玫也比她幸福得多。人人都知李如玫的先生对她言听计从，脸书上记载着呢。每回朋友或同学相聚，先生总陪她一起来。如没来，那他们的幸福就更加明显。因为李如玫会把先生如何疼爱她、纵容她的生活小事，一清二楚向大家交代。而苏珊，婚是结了，却有个让众人同情的结局，婚姻关系维持不到七年，就离婚了。

李如玫曾作出吃惊相，问她："都说七年之痒，你那个是怎么啦？你们结婚还没七年呢！"苏珊开始以为李如玫同情她，没想过李是在以她的不幸衬脱自己的幸福。

离婚本非坏事，两人没法继续在一起，分开是最好的结局。只可惜，今日的社会大众仍没法以正常眼光和心胸去看待和接受离婚的女人。

"这个电子科技时代，"李如玫得意地笑，"不要说是年轻人的时代，我们也一样从中得利。"

"什么意思？"苏珊也用电脑和智能手机，给生活带来一定的方便，却不像李如玫那样热衷和着迷。

"像我们这种年纪的女人，手机一定要下载这个'美图秀秀'。"李如玫不等苏珊提问，自己先给答案，"不管照片拍得怎么样，也不论是否有黑斑或皱纹或眼袋，把照片让'美图秀秀'秀一下，立刻变成美女，再贴到脸书上，会获得很多'赞'呀！"

苏珊头脑一时转不过来，脱口问道："那不是在造假吗？"

"人还是那个人，造什么假？"不以为然的李如玫耸耸肩膀，"不过是美容院没法处理，就让电脑软件把脸弄得平滑搞得干净，是同一张脸孔嘛。"

李如玫把这似是而非的理论说得振振有词，听得苏珊都不好意思提反对意见。

"你看。"李如玫把P过的照片给苏珊看。

年轻漂亮、明艳照人的李如玫在照片里向苏珊微笑，脸上所有瑕疵完全消失无踪，比真人好看百倍，却也不能说照片里的人不是李如玫。

李如玫在手机上按来按去，然后跟苏珊说："OK，上了。你有空去我的脸书上看。"

苏珊还来不及回答，李如玫见苏珊没付诸行动，立即性急地说："你快看呀，我是不是很漂亮？"

"你本来就很漂亮。"这话不是应酬。李如玫是公认的校花，追她的人排长龙，可以从宿舍排到学校大门口。一毕业，还没开始工作，就被丈夫追上，结婚去了。嫁的男人是很多女人幻想中的豪门公子，二十多年来，她只负责花钱，让自己貌美如花，其他一概不管，不用管，也无须管。大家都羡慕她。苏珊不妒忌，明知自己各方面皆不如李如玫，眼红无用。这一点自知之明倒让苏珊胸怀宽广，能和李如玫维持多年的友情。

当李如玫迷上脸书，将日常生活的一点一滴全放到脸书以后，苏珊反而从中看出端倪。外边流言似阻挡不住的水，不断地流泻出来，事情很有可能是真的。不过，当事人不说、不认，旁观者再怎么清楚，也不必多言多语。

脸书上没有苏珊，只有笑容满脸的李如玫，还有咖啡蛋糕，李如玫PO上的文字是："下午茶时间，有人相陪，多幸福呀！"笑脸嫩滑如丝、甜美如蜜。下边马上有回应："刚才午餐的背影是你老公的吧？"李如玫没否认，也不澄清说是儿子。接着有人写："这样开心，定是老公出来相伴。"分分钟在脸书上的李如玫却没回应，接下去又有人发言道："你真幸福！几十年夫妻，过得像新婚夫妇。"李如玫仍没接话，艳羡的文字在脸书下不断出现："执子之手，与子偕老"，"古老坚定的承诺"，"浪漫美丽的传说"，"现实中的爱情，不必轰轰烈烈，不必惊天动地，就是喝杯咖啡，吃个蛋糕"，"幸福的人呀，真叫人羡慕"……更多的人在点赞。

苏珊看着脸书，她真佩服李如玫，是怎么做到只拍一个人的照片，却让看脸书的人感觉是两个人，而且是和老公在一起？李如玫脸书的照片下，接连几十个赞，都是羡慕李如玫的女人吧？多次遇到李如玫的豪门老公和不同的年轻女人亲热地牵手，想来城里很多朋友也都曾经看过。既然大家什么也没有说，她也不必出声。

她于是跟大家一样，按了一个“赞”。

不同的餐点

我喜欢吃披萨。

上一季的三个月， 我几乎每天都在吃米饭。

许多华人都有一个华人的胃。 意思是倘若三餐中没有一餐是米饭， 那么当天就有没吃饱的感觉。 虽然不是饥肠辘辘那样的感觉， 却好像尚未吃饱， 到了上床时间， 带着肚子有点饿的感觉去睡觉。

那个晚上自然不会有好梦。

不过我不是。

“你喜欢吃披萨？” 阿北听到我在意大利餐馆说我喜欢披萨的时候， 他瞪大眼睛。

原来， 单眼皮的眼睛也有那么大的， 不过， 是在瞪眼的时候。

他的眼睛变大， 因为他不相信我对披萨的感情。

我们相识三个月， 第一次见面是在春末， 从开始约会到夏天都过去了， 每次吃饭都是点米饭。

米饭也是很好吃的。 我们吃饭的时候， 我告诉他。

其实是在告诉自己。

华人餐厅的失败之处在于他们不喜欢把厕所和厨房分开，有的还把厕所当成储藏室，搞得去吃饭的人借用厕所以后，不管餐厅多有名、饭菜多美味，全都倒了胃口。

春天以前，我极少吃华人餐。我并没有特别崇洋媚外，可是西餐的环境就是不一样。室内的柔和灯光、餐厅的精心布置、桌上的鲜花蜡烛，再加上旋律优美的轻音乐、彬彬有礼的侍者，使得走进来的顾客说话也自动调低声音，细声细气。进食的要求首先是食物要好吃，假如环境又优雅，不是锦上添花吗？

“但你每一次都选择中餐呀。”阿北说着，表情温柔起来，“原来，你知道我爱吃中餐。”

阿北愿意如此作想，我只能微笑，不加解释。

吃西餐吃了一个春天。所以跟阿北约会时，我从不提西餐。

同样的东西吃太多，会害怕，想逃避。

什么东西太多，都叫人害怕。

从前我有个同学，假期去打工，一个月的假期，他原本打算工作三个礼拜，再把赚来的钱去旅游一个礼拜。第一天在商场里，他听到他最喜欢的李宗盛唱《真心英雄》，兴奋莫名。一个星期后，他没继续工作，而是请我出来喝茶，垂头丧气地说：“你知道吗？当你在听完《真心英雄》三分钟后，再听到重播时，你会开心，可是，三分钟后，又是《真心英雄》。不断重播，三十分钟听十次，一个小时要听二十次。我们算一个小时听十五次就好，一天工作八个小时，你可以算一算，我一天到底听了多少遍的《真心英雄》？”

他最喜欢的歌曲是《真心英雄》。不过，一个星期后他辞职了，因为《真心英雄》，因为不想再听到《真心英雄》。

我听了觉得好笑，但是，轮到我吃了三个月的西餐，我就明白了他的感受。

一个季度有三个月，三个月里每天吃西餐，也够了。

春天和西餐有关系吗？ 谁要这样想， 便是错误。

别人的错误， 由他去， 不必纠正。

自己的错误都不想认， 就算认了错也不想改， 还管得了别人？ 多管闲事多吃屁！ 平时面对工作上的人事、 感情上的纠结， 已经很累了。

懒得解释。 让阿北自我感觉良好。

“我是非米饭不欢的。” 阿北再加一句， 说了自己呵呵笑。

西餐和春天的关系， 是因为在春天认识的阿甲， 他爱带我去西餐厅。

“气氛和环境， 影响人的食欲。” 阿甲说。

中餐厅不注重卫生、 环境， 令美国回来的阿甲无法忍受。

在美国大学毕业后， 他留在那里工作三年多才决定回来。 西餐成为他的饮食阵地。 我对他的西餐不敢恭维。 大块肉、 大块鱼、 炸薯条、 生菜， 有时候， 五分熟的牛肉还带着血， 叫人看着手足无措， 他却吃得津津有味。

“我帮你叫 well done（ 全熟 ） 的。” 他的建议， 我没有接受。

我的信仰令我不吃牛肉。 从小妈妈告诉我， 牛很可怜， 耕田到老， 还要被人吃掉。

阿甲笑我无知， 说：“现在的牛， 是养殖的， 老牛的肉怎么好吃？”

“谢谢， 我不吃。” 这是个人的饮食习惯， 至于他要吃什么， 我一概不批评。

胃和味道， 都非常个人化。 他的好味道， 不是我的。 我的， 也不会是他的。

不想试图去影响他人。

我从来不敢高估自己的能力。

阿甲一直以为我爱西餐。

三个月后， 我离开阿甲。

时间不长， 但也不短。 几乎每个星期有两次约会， 三个月了， 阿甲竟不知我不喜欢西餐。

再相处下去，也没意思。

和阿北的中餐约会是在和阿甲分手之后的事。

长期吃同样的餐点，不免叫人厌倦。

可是，有些人不在乎。就像阿北，当我说要吃披萨的时候，他虽然也陪我去了意大利餐厅，却对披萨不以为然，“不过就是一种另类的三文治。”阿北批评道，“下面一片面包，上面加了咸肉、番茄、青椒、蘑菇、起士等等而已。”

我没有告诉他我厌倦了中餐。而他听到我说喜欢吃披萨，并不愿意接受。“下次，还是吃中餐好。”他说。

我不会强迫他，可是，因为吃了太久的中餐而对中餐已经逐渐失去兴趣的我，也不愿他强迫我。

意思是不会为他改变。

到目前为止，我还想继续享受这份选择的自由，还想继续品尝其他的、各种各样的、不同的餐点。

窗外的火凤凰

公寓大约是一千二百平方尺，三房两卫，装修风格虽然简约，却有独特的艺术品位。

来看公寓的李太太皱起眉头：“就这么简单？”

干脆利落的装修和布置，不是她的“那杯茶”。中介载她来时在车上跟她说过，就算心里对所看的房子很喜欢，脸上也要露出一副不怎么满意的表情，千万别让对方看见购屋者的惊喜，不然，打算出售房子的人肯定趁机提高价格。

此刻，她脸上不满意的表情倒非造作，当然，她也不是没心机，只不过金碧辉煌的奢华风格才是她喜欢的。中介带她看过几个地方，摸透了她的喜恶，赶紧在旁提醒她：“地点优、环境好才是重点，装修次要，买过来后可以按自己的想法重新设计。”李太太不回答也不点头，一副模棱两可的模样。这地点她倒满意，周围环境不算太热闹，可是，银行、店铺、水果市场、日用品商场、各类餐饮店都在附近，不必开车，走路不到十分钟即可到达，对面不远处有个大型超市，方便解决日常生活上的需要。

闹中取静的环境之外，公寓本身背山面海，“风水学上说，这是最理想的屋子。”中介在李太太耳边细声说话，“背山，即稳当；面海，海即水，水为财呀，财源滚滚来。”李太太忍不住面露微笑点头。这里到海边还有一小段距离，但步行可达，就不算太远。海边公寓的价格一般较高，这一间屋价倒挺适当。意外的是房子大门坐北朝南，打开门窗，屋里凉风习习，空气流通，屋主刘太太微笑着说：“这里风很大，都不必开冷气。”

为了强调这点，她把其他住户告诉她的话转告李太太：“有的人后悔装冷气呢！一年没打开几次。”中介赶紧补充道：“这可好了！省电呀！”

“我习惯开冷气。”李太太冷冷地回答，她要表示她才不在乎什么省电不省电呢。

刚走进来就看见公寓楼下有个小花园，花园旁边是大小两个泳池，儿童泳池还设有水上滑梯。另外还有健身房、网球室和乒乓室。这些是来之前没想到的。花木葱茏的小花园，五彩缤纷的鲜花，一副花团锦簇的景象，仿佛在欢迎访客的光临。

植满天堂鸟花的泳池边，还有一条鹅卵石铺就的健康步道。

李太太看在眼里，心里暗暗叫好，嘴上却没一句夸奖。她站在客厅窗口，探头往外看了一眼，说：“这里太低，只看得见一个角落的海景。我想，更高楼层的风景会更好。”窗外，数棵火凤凰，枝丫开阔，叶子茂盛，红色的花开得正旺。当初屋主刘太太正是为了窗外这几棵开满花的火凤凰而买下这套公寓的。

这时候，刘太太只是笑笑。她怕说多了让人误会，以为她是为了推销自己的房子而杜撰出来的。

中介努力要促成交易，他声音诚恳，极力推销：“这里空气好，大树开花又漂亮，更高楼层就看不见花了。”李太太并非不喜欢花，但她不想为此支付太高的价格。儿子刚从国外大学毕业回来，她得尽快帮他找个公寓，帮他付首付款。不然，要靠他自己每个月那点薪水，恐怕追不上这不断高涨的房价。

“说实在的，如果不是孩子出国念书需要用钱，这公寓，我，我是真不舍得卖掉。”刘太太的口气稍带无奈，笑容有点苦涩。

“原来……”李太太的心顿时变得柔软起来，“你是……”她想起五年前孩子准备出国去念大学，她也是百般不舍地卖掉一套公寓。

孩子的教育，孩子的前途，对华人来说，比什么都重要。从怀上胎开始，做父母的，就开始积极地为孩子准备将来的教育费。

李太太不再挑剔，她转过身，语气和缓地对刘太太说：“这公寓，我决定买下来。”

没待刘太太回答，她指着窗外的花，说：“每天有花可以看，真是好地方！”

黄昏来临，在夕阳的映照下，娇艳的凤凰花，把天空和大海染得流光溢彩、无比绚烂，散发着暖暖的、金灿灿的光芒。

气　　味

江秀紫开始感到一个人过日子非常孤独寂寞，是在认识了张南松以后。

不过，事实是，张南松并没有解除她孤独和寂寞的“能力”，或者，用比较准确的字眼来说，是“资格”。

“秀紫，这是来自台湾的张南松。先说明，他已婚，有一个太太、一个女儿、两个儿子，是著名的幸福美满模范家庭的样板。”介绍他们认识的李平盛，是江秀紫的上司，话一说完就为自己的话作解释，“对不起，还得特别说明，这是张南松的太太特别交代的。她强调，一定，非要，让大家都知道。虽然这位外表比真实年龄年轻很多的张南松仍然英俊潇洒，不过已经是‘死会’啦。”

江秀紫微笑着说：“‘死会’的意思是不必对他存有任何幻想。”

“对了。”李平盛幽默地点头，“我的太太倒没有吩咐朋友们如此这般介绍我，所以女士们对我就可以多多少少存有幻想啦！”

说完，大家一起大笑。

后来，接到张南松的电话，江秀紫也没有警戒心。

对有妇之夫，她绝对不会产生兴趣。这一点她很自信。当张南松约她喝茶，说有公事要询问时，她爽快地一口答应下来。

张南松果然问了一些在大马投资的条件，又聊了大马其他民族的风俗习惯。一顿饭吃下来，彼此聊得非常愉快，因此就有了下一次的约会。

滴水穿石，就是这个意思吧。

对这份感情，江秀紫终于还是在无意中渐渐陷下去了。待她倏然惊觉自己的坠落，才发现整个人早就已经掉在谷底，不是发愤图强就可以爬得起来的。

每一回见面，张南松仿佛有情又似无情的态度，令心里本就焦虑、犹豫的她益发惆怅、迷惘，进退两难。

虽然她从没向谁提起，但是因为两人频繁约会，甚至电话也不避嫌地打到办公室来，因此两人的事，李平盛或多或少也听说了。

当李平盛约江秀紫吃饭的时候，江秀紫没有多加考虑就答应了，目的是为了要向他探听张南松的一些私事。

"如果张南松过来投资，他太太会不会跟着来呢？"这是江秀紫所关心的。

"我想，这是当然的。要是他真的决定要在这里做生意，张太太应该会过来。"李平盛佯装什么都不知道，微笑地说，"最近他太太给我来电话，问我他到底怎么打算，因为他没肯定说要在这儿投资，却也没有要回去的迹象。"

停了一下，李平盛继续说："张太太对我说，如果他不准备投资，就要我安排他回去，那边的事业和家庭，都不能没有他。"

间接，并且非常委婉地让江秀紫清楚，张南松是别人的丈夫和父亲。

李平盛接着说："不谈这个，我们吃饭吧。来点红酒好不好？"

从不喝酒的江秀紫说："好。"

她希望酒可以消除她的忧愁，甚至可以让她忘记一些她不想记起的事。

两杯酒过后，李平盛突然说：“你明知道张南松是有妇之夫，是不是？一开始我就告诉过你的呀。”

江秀紫沉默不语，眼泪抑制不住地掉了下来。

李平盛亲热地拍拍她的肩膀：“没有什么好哭的，他要走就让他走好了。”

江秀紫突然发现，李平盛的手没有拿开，就搭在她的肩膀，说话的时候，脸差点贴着她的脸。

她变了脸色，说：“你在做什么？”

向来文质彬彬的李平盛，一只手仍然搭在她的肩上，简直是搂着她在聊天的样子。

他涎着脸说：“我不也和张南松一样吗？我们都是有妇之夫，况且我太太从不管我，更方便。”

眼前这一副嘴脸，是江秀紫从没见过的，陌生而狰狞。

她冷冷地摔开他的手，头也不回地离开餐厅。

外边下着细细的雨，像不会停似的，一直落，一直落，直至把她的脸淋得湿透。

当她伸手擦着雨水时，发现冷冷的雨水在脸上竟变得温热。

许多年前听过一首歌，她已经忘记歌词。那首歌的名字叫《有雨落在我的心里》。

因为落在心里的雨，绝望的她更深刻地体悟到寂寞和孤独是如此无边无际。

从此，她没有再赴张南松的约会。

后来就听说张南松回台湾去了。

张南松来过，又走了。不是刻骨铭心，也没有朝思暮想。日子和从前没有两样，仍是一个人在过。但江秀紫开始深刻地感受到，有一份蚀人的寂寞，有一种哀怨的孤独，像纠缠不清的气味，缠绕在她身边，挥之不走，驱之不去。

唱片日子

1. 唱片

唱片是一张黑色的圆盘， 就是那么一张圆圆的、 黑色的盘子。 盘子上有一条条的细纹， 一条又一条， 满满都是细细的纹路。 唱针放上去，它便循着那一条条细纹转， 一直一直， 循着那条条细纹， 在回旋，回旋。

每一次， 唱针一放上去， 它放出来的声音， 都是同一首歌， 同样的一首。 不会更快， 不会更慢， 从不更换速度， 只是照着那纹路， 一条条地回旋， 回旋。

从不改变， 只要唱针搁上去， 放出来的歌， 总是同样的那一首。

那首歌， 重复了又重复， 仍是那一首歌。

那张唱片的那一首歌， 不断地不断地重复。

重复

不断地
重复
重复着的
仍然是那一首歌
那
一
首
歌
重复
永远
在重复
在重复

2. 时间表

6 am：起床，刷牙洗脸，上厕所，换衣，叫孩子、先生起床，整理床铺。

7 am：做好早点，吃，洗，孩子上课，先生上班。

8 am：扫地抹地撢尘。

10 am：菜车来到门口，买菜。

11 am：做菜，准备午餐。

12 noon：看报纸。

1 pm：煮午饭。

2 pm：孩子、先生回家，吃午饭。

3 pm：吃水果，收拾饭桌，洗碗碟。

4 pm：收衣熨衣折衣。

5 pm： 检查孩子的功课。

6 pm： 准备晚餐。

7 pm： 吃晚餐， 吃水果， 收拾饭桌。

8 pm： 看电视听新闻。

9 pm： 整理隔天孩子、 先生要穿的衣服。

10 pm： 上床看书报。

11 pm： 睡觉。

一星期换洗一次床单， 吸尘， 上超市购买日用品与水果， 擦窗户， 送孩子上钢琴课、 声乐课、 书法班、 补习班、 绘画班。

一个月交一次水电费， 电话费， 报纸杂志费， 车费， 孩子的钢琴费、 补习费、 绘画费、 声乐费、 书法费。 换洗被单， 客厅沙发、 椅子的垫子、 套子。

星期一的时间表如上。

星期二的时间表如上。

星期三的时间表如上。

星期四的时间表如上。

星期五的时间表如上。

星期六和星期日的时间表略有更换， 添加了一星期与一个月做一次的工作， 其余如上。

3. 日子

日子是麻木不仁

日子是复印机

日子是前一天与后一天的交叠

日子是一成不变

日子是再没有奢望
日子是今天
日子是明天
日子是昨天
日了是后天
日子究竟是什么
日子早早
早早就已经
已经变成
变成一张
一张唱片
唱片

4. 遗书

我不要再做一张唱片。

节日晚餐

侍者把甜点捧上来了，表示晚餐快到结束的时候。他用小汤匙挖一口橙黄色的布丁，甜中带酸，是杧果味的。他不喜欢杧果。如果是他来点菜，他永远也不会选择杧果。但他太太喜欢。太太从来不理会他到底喜欢什么，包括饮食。

开始的时候，他告诉过她。她说“嗯”，还点头。他就安心地等待。等了数十年后，他知道，她说“嗯”，还点头，表示她听到了，但并不表示她会听从他的意见。

她从不理他的喜恶。

或者说“不在乎他”比较恰当。

有一次，他开口了：“我不喜欢杧果的味道。”

“把最好吃的都点了，你还想怎样？”太太声音轻轻的，也不生气。

他没有水准。这是太太的想法。好吃的，他嫌不好，不好吃的，他才喜欢。到这种五星级的酒店吃晚餐，他说何必，某条街的什么什么炒面条煮米粉更美味，她不能忍受他的不求上进。现在是什么身份了，还坐在街边的破桌子旁吃大排档，要是遇到熟人，成什么样子？

她要训练他，要让他在外面不被人轻视。

她实在是受不了他的随便。从前穷，没话说，现在做生意赚了大钱，他还是和从前一样，衣服不选名牌，穿着拖鞋也敢上街，车子，可以用就行，公文包，还是旧的那个，他居然说既然没有破，何必换新的。

太太坚持的时候，他当然也听话，但她晓得他有怨言。她不理，只要他听话就可以了。

无论衣食住行，太太全都讲究。那么多名牌，她认识不完，反正选最贵的就对了。即使不是最好的，只要让人家看到，听到那行头那名字那排场，知道那价格，脸上马上换成尊敬和羡慕的神情，就是正确的选择了。

他一匙一匙地，终于把杧果布丁吃光了。

他不喜欢，但又不习惯浪费。

侍者立刻过来问："请问要咖啡还是茶？"

他不要咖啡，也不要茶。

太太回答："两杯咖啡。"

为什么点咖啡？他不明白。两个人都不喝咖啡的。

"现在流行咖啡。"太太的选择不是没有原因的。

黑色的、苦味的饮料，一点也不可口。他啜着，不想喝完，但是又觉得未免太可惜了。

"以后不要再点咖啡给我。"他张开口，却不知道自己并没有把话说出来。他听到太太说"嗯嗯"，看到太太点头，但他完全知道，太太以后照样会点咖啡给他。

苦咖啡终于喝完了。

可以走了吧？他一点也不明白为什么不好好地在家里吃饭。佣人说家里已经煮了汤和面，但太太非要到这五星级酒店来吃一餐又贵又不好吃的晚餐。

太太说因为今天是情人节，人人都在庆祝，明天去上班时，办公室里有人会问的。

情人节？ 他从没听过。 他和太太甚至连情人这个阶段都没有经过，相亲后， 双方家长说“好”， 他们就结婚了。

付账以前， 侍者拿了一束花过来， 说：“祝你们情人节快乐。”

太太微笑地接过来， 说：“谢谢。”

他问：“这是什么花？”

太太微笑着对他说：“玫瑰。”

太太在别人面前和他说话， 都是带着微笑的。

“拿来做什么？” 他不明白， 又问。

“回家吧。” 太太说完， 站起来。

“一点也不好吃。” 他低低地咕哝， 声音倒是发出来了。

她向来不重视他的意见， 这回也不例外。

“走吧， 回去了。”

他跟在太太后面， 告诉自己：“回去吧。”

棋　王

晚饭过后，王校长就把棋盘摆好，坐在客厅里等他的棋友。

王校长刚退休不到一个月。退休的那一天，朋友问他："退休后，不必去学校上班，太太还在教书，孩子又都出国去了，日子不会太无聊吗？"

王校长声如洪钟地笑道："怎么会呢？我最喜欢玩棋，这下子，每天下午可以静下心来，陪我的棋友们好好地玩啦！"

王校长玩棋，玩出个外号，叫作"打遍全校无敌手"。人家一听，会吓一跳："哇！这么'劲'？"

"嘿嘿嘿。"王校长笑起来，大声说："这外号不是我自己封的，是所有跟我玩过棋的人联合送的。"

"哦？这么说来，你的棋艺可不得了了！"大家都钦佩起来，眼睛也发亮了。

"好说好说。"王校长不是不懂得谦虚，而是一句话说得太多遍，就算不是真的也会变成真的了，更何况，每一次玩棋，大家都有目共睹，胜利的那个人，总是王校长。

“承让，承让。”王校长赢了的时候，也会说几句好听的话。

最近大家都好像忙得很，玩棋的时间到了，那些棋友却都不出现。所谓棋友，其实全都是学校里的老师，也都是校长从前的属下。那时校长还没有退休，每当黄昏时分，教师们都会聚在校长的客厅，和他一道下棋。

“怎么今晚又没有人来？”王校长问太太：“是不是我的棋艺越来越好，大家都怕了我？”

“你的棋艺好？”太太曾经和他下过几次棋，对王校长的棋艺实在不以为然，而王校长每一回都输给太太，因此他也不喜欢和太太下棋。

“人总会进步是不是？”王校长明白太太看不起他：“我后来就是进步神速呀！你没看见所有的老师都不是我的对手吗？”

太太好像故意在打破他的美梦：“会不会是和SSB（工作能力评估报告）有关呀？”

“岂有此理！”王校长感觉受到侮辱，“我是这样的人吗？输了棋的老师，我就不会给他好的评估报告吗？”

“不是你要给他好的报告，而是他输给你，你得意起来评语不就写好一点啰，这很正常呀！”

太太的话毫不留情，却明白得很。

“你胡说。”王校长一点也不相信，“哎呀，门口有人，我看看是谁来了。”

王校长开门一看，是隔壁的刘先生和刘太太，带着他们还在念小学六年级的孩子小明。

“王校长，我和我太太有点事要出去，一个小时后就回来，我把小明托在你家一会儿，可以吧？”

“没问题，没问题。”王校长正愁没事做。

刘先生和刘太太放心地走了。

“小明，我们来下盘棋好吗？”王校长等不到平日里的棋友，只好找小明当棋友。

“好啊！” 小明很高兴地答应了。

他们玩了三盘， 三盘都是小明赢。

“王校长， 你的棋艺好差哟！” 小明和《皇帝的新衣》 里的小孩一样， 毫不顾忌地说出真相来。

流浪的幸福

秀群从很远的地方写信来。“终于离开我讨厌的城市，再也无法忍受每时每刻的噪音、各种自以为是的人际关系。现在住的小镇，正是我幻想中的世外桃源。房子有许多窗户，从窗口可以看见不远处有个荷花池。莫奈晚年绘的荷花池，被当代的一些人误会，以为他是眼睛坏了，才画出那些奇怪的颜色。不过，当你在不同的时间观察荷花池，光影交错之际，莫奈画中荷花池的色彩便出现在眼前……”

秀群首次离开家乡的时候，给我写来的信我还保留着。我不是喜欢保留旧物品的人，我更喜欢丢弃那些对我无用的东西。古董的收藏是某些人固执的嗜好，却非我的。我没法对一切老旧的东西产生新的感情，只不过，秀群的信里，有某部分是我的感觉，所以我收藏到今天。

“我终于离开这个令人厌恶的乡下，再也受不了农村的味道，家畜的排泄物到处皆是，没有自来水，没有电，那么不方便，却只能苦苦忍受。闲言闲语大大方方在四周流传，让人百口莫辩。住在城市充满安全感，谁也不认识谁，陌生的好处是不必搭理任何人，哪怕是最靠近你的邻居……”

我准备给她回信。虽然当年我给她回信以后，她大约正忙着适应城市生活，根本没回信给我。可是，总是在一段时间之后，可能数个月，或者半年，甚至一年，秀群会想起给我写封信。

生活的巨兽吞噬闲逸，日子套着一双风火轮在飞驰。大家见面皆有同感，偶尔想起一个朋友，真的打个电话去，他却不一定有时间陪你聊天。几乎所有的人都跑到网络上去自说自话了。

亲笔写的信变得异常珍贵。

我心里常常记挂着，秀群给我来了信。有一点点空闲，比如下班塞车的路上，听到许多噪音的时刻，比如理发时翻着杂志，看见有荷花池的图片时，都会突然想起，还有一封秀群的信未回。

就这样，一年溜过去了。

连贺年片也省了，不是钱的问题。电脑网络里寄电子卡，省下到邮局去排队的时间。秀群没有给我她的电子邮址，我替她解释：既然她要恢复原生态生活，想必她对于现代的电脑网络不会有好感。

日子是绳子，捆绑在人的身上，令生活缺乏喘息的空间。想到秀群在乡下观赏荷花池的那份悠闲，不禁生出无限羡慕。我犹生活在噪音和复杂的人事关系里，秀群的选择则叫人妒忌。

人生的不如意就是你永远在过着你不想过的日子。

我的叹息落到地上，弹回来，撞到我的眼睛，痛得眼泪都掉出来了。

秀群又来信了："荷花池里，虽然颜色丰富多彩，却只是光影的幻象。那池水，竟是静止不动的。小镇的人也一样，大家都那么得意和满足于他们眼前的生活，每天毫无变化，太可怕了。生命就这样一天一天平淡地被缩短，没有生气，死水一般。不不不，我要离开这死气沉沉的地方。"

人一直在流浪，因为向往着远方，因为所有的幸福憧憬都停留在看不见的地方。

我决定给秀群回信，等我有空的时候。但她的地址，是不是之前的那一个呢?

自由的红鞋

买了一双新鞋，是红色的。向往一双红色的鞋已经很久了。

十几岁应当是穿红戴绿的年龄，却自以为是地把红色看作是天底下最俗气的颜色，把所有喜欢亮丽色彩的人都视为庸俗一族，而自己不甘从俗，所以彻底地抵制红色。

可笑的是，嘴里嘲笑别人低俗不堪的时候，心里又暗暗欣赏和艳羡她们将红色穿得如此绚丽耀眼。

原来不俗是可以装出来的。

那个时候，同班同学余素娴，最爱在嘴里嘲讽别人："红色？不会太刺眼吗？尤其是红色的鞋，看了眼睛好痛。"

"可不是。"我赶紧同意。

我们两个一看到穿得比较引人注目的同学，就把嘴角往下撇，冷冷地哼："难看死了。"

却不晓得，自己黯淡而沉郁的脸色才最难看。

身上的颜色永远不变，老是暗黑、浅灰、深蓝，最看不顺眼的颜色是红和黄。只要有谁穿了红黄二色，还没交谈，就将他们归类为话不投机的一方。

工作以后，心里却益发喜欢红黄二色，因为这两色的确是无法否认的明亮动人，表面上却越发显出嫌恶的神色。

人是奇怪的动物，喜欢伪装。爱的，故意说不爱，要的，刻意说不要，一切都因为害怕别人过于了解自己。

一边想和人有更深入的了解，一边又怕别人知道自己太多。

结果这些年来，都没有穿过鲜艳的红色。

看到书上写，喜欢红色的人有爱出风头的性格，喜欢在人多的场合当主角，生怕别人没有注意到你。

“我才不是这样的人。”余素娴冷冷地说。

“我们还是站在角落吧。”我在一边急急附和，“何必抢出镜呢！”

事实是，爱躲在旮旯里的我们俩，都是对自己没有信心的人。

过年前，我和余素娴一起去逛街，亲眼看到余素娴买了一套红色的套装。我难以置信地张嘴，还没开口，她先说了：“这个红色真漂亮，很少见哩。”

结果，惊讶的我开口说的话是：“是呀！很少见，很漂亮。”

她微笑付账，买了回去。我不晓得这和前几天传出来的过年以后她将升任部门经理的消息有没有关系。

我在她买了这红色套装以后，在邻近的鞋店也放下心理障碍，马上买下这双红鞋。

记得在几年前，看过一场电影，说的是一个女人为了一双红舞鞋，和她那个讨厌红色的男朋友吵架，最后她选择了红舞鞋，放弃不爱红色的男朋友。这是一个有关女性主义的电影。红舞鞋代表她的自我，她不愿意为一个男人而放弃自我。不能因为男人不喜欢，她就放弃心爱的红舞鞋。

我是从那个时候开始对红色鞋子感兴趣的。

因为我的男朋友，他也讨厌红色。

这就造成我在选择衣着时，完全不会对红色的衣服感兴趣。

当他不满意我新买的红色鞋子时，我感到非常不高兴。

“我觉得很美呀。”我对他说，“而且我顶喜欢这双鞋子。”

我说了一半的谎言。事实上，我穿上这双红鞋不久，就发现对我来说小了点，时间一长，脚痛得很。

可见人一冲动就缺乏思考能力。那红鞋，我一见钟情，却没注意到它在我脚上显得太紧。

他的反应在我意料之中：“红色？怎么可能美？”

我没好声气地回应道：“你不喜欢并不表示它不美丽。”

“好好好。”他忍耐地说，“今天约你出来，不是讨论红色美不美这个问题。”

我其实已经知道他要和我说什么，却回答道：“我现在不能做决定，因为穿了一双很紧很吃脚的鞋。”

林语堂说：“一个人的头脑，只有在他的足趾自由时，方有真正思想的可能。”我现在完全赞同他的说法。

“啊！”他肯定没有想到我会这样对他说，“我本来是要问你关于结婚……”

“等我换了鞋子再说吧。”我说，不理会他的表情有多错愕。

后来，我换了鞋子，却仍然选择他不喜欢的红色。

后来，有人来问我：“他说因为一双红色鞋子，你拒绝了他的求婚？”

我耸耸肩。我想穿我喜欢的鞋子，不管那是什么颜色，不论它多么吃脚，那是我个人的事。

人行道上的镜子

1

罗丽美拎着一个大提袋， 匆匆地走在熙熙攘攘的下班人潮中。

有人在她前边疾走， 有人匆匆地朝她后面走去。

罗丽美走没多久， 就看见前面有个衣着、 脸型与她一模一样的女孩向她走来。 她忍不住多看一眼， 看见那女孩的手里也拎着一个大提袋。 她有点吃惊， 停下。 面前那个女孩也倏地停下。 罗丽美仔仔细细地打量她。城市是没有黄昏的。 不过才六点多钟， 近处远处的霓虹灯便像接到通知般纷纷闪闪烁烁地燃起亮丽的光彩来了。 在影影绰绰的人堆里， 要仔仔细细地端详一个人， 并非易事。 一会儿有个男生撞到她的左手肘， 却连一声道歉也没有， 便直直走去了。 一会儿又有一个中年妇女的手袋扫过她的右腿， 却像个没事人似的， 转身走她自己的路。

罗丽美当然很生气。这是多么没有礼貌的城市！可是她不知道应该向谁发脾气去，唯一能做的事是噘嘴。然后她发现，与她长得一模一样的女孩也把一张口红半脱的嘴巴噘得高高的。

罗丽美结结实实往后退了几步，差点踩到一个牵着小孩的老先生的脚。惊惶未定的她捂着胸，前面那个女孩也手捂胸口。她哑然失笑，因为她同时看见，一个牵着小孩的老先生也出现在面前。

“是谁的恶作剧？”罗丽美惊魂未定，却也禁不住失笑。好家伙，把一个大镜子就这么大剌剌地摆在马路边的人行道上。笑完了，罗丽美继续上前照镜。远远近近的霓虹灯不停闪烁，镜子里的人却看不分明。

罗丽美童心大发，从袋子里掏出一张纸巾，用力擦了擦镜子里自己的面孔。由于好玩，她嘴角是含笑的。擦了几下，罗丽美的手呆呆地搁在镜子上，不能动弹。她看见镜子里的自己，眉头紧蹙，嘴角往下拉着。

罗丽美急急用手扯扯脸颊和嘴角，自己明明是在微笑的嘛。但这回她看得很清楚，她焦急的眼神没有在镜子里映现，镜子里的罗丽美只是不快乐地皱眉，眼睛里盛满了忧愁。

推推搡搡的人们各行各路，没有任何人理会罗丽美的行为和疑惑。她极想拉住其中一个行人，叫他过来帮忙看一看为什么镜子里的人会和她不一样。可是，谁也没向她看一眼，个个都赶着回家，赶着约会，赶着要去做自己的事。

罗丽美的泄气感一下子升得老高，类似气球被针刺了个孔。她贴着镜子的一个角落颓然坐下。她尝试对着镜子里的自己笑，她把嘴角拉得阔阔的，可是，镜子里的罗丽美仍然郁郁寡欢。

罗丽美从镜子里看见一双双不同的鞋子，一双双不同的脚，然而，它们都一样，步履匆匆。

罗丽美瞪着那一双双匆忙的脚，她想在其中找出一双比较悠闲的，像她住在乡下，黄昏出来散步时那样的闲适的脚。

2

我走过昨天看见的有一面镜子的人行道时， 抑制不住好奇， 回头多看了一眼。 那究竟是谁的好主意呢？ 弄了一面大镜子搁在马路边， 真是诡异极了。 我又一次回头， 倏地发现镜子角落多了一个女孩子的雕画。

城里近来流行在镜子上作画， 有人把这种画称为玻璃雕画或镜雕。 好多新开张的咖啡座和高雅的娱乐场所， 都在墙上悬挂这种画有镜雕的镜子作为装饰。

可是我记得昨天我第一次见到这一面镜子时， 镜子里是没有画像的。

我不相信， 揉了揉眼睛。 那个女孩表情忧郁地贴在镜子的一个小角落， 低着头， 正注意着马路上来来往往的脚。

我实在忍不住， 于是走得近近地看着， 心里一边奇怪昨天怎么没有看见这个。

“嗨！” 正看得入神， 有个人过来拍一下我的肩膀。

我转过头， 原来是公司里的同事：“吴仁， 是你。”

“你在看什么？” 吴仁诧异地瞪着我，“这么忘我？”

“你没有看见吗？” 我指着镜子里的那个角落叫吴仁看。

“喏， 那边有个女孩的镜画， 真是传神哩！”

吴仁再看一眼， 然后带着包容式的微笑对我摇头。

我有点不高兴。 吴仁一定以为我在跟他开玩笑。

“明明……” 我随着自己手指的地方看去， 却发现那里什么都没有。

整面大镜子就是一片空空的大镜子。

“咦！” 我呆呆地怔住了。

难道是我眼花了？

"走吧！" 吴仁一边叫我，一边往前走去。

我没觉得尴尬，只是不太甘愿，走了两步又回头。

"啊！" 我惊呼，她又出现了。

吴仁见我又停下脚步，叫道："喂，再看下去，就要迟到了。"

可是，"她是在那里呀！" 我明明看见的。

我愕然，不动。

吴仁见我没动静，却也没放慢脚步，只是大声叫道："走呀，罗丽美。"

锁头效应

旅行箱的锁头在旅游途中遗失了。

像香水在空气中蒸发，像轻烟袅袅地消散，锁头就是不见踪影，然而，这是一把有重量的铜锁呀！

她不得不相信朋友说过的："旅游途中，最容易发生一些不能控制的意外。"

当旅行箱从行李运盘上拿下来时，她就看见锁头不见了。

就是这样，毫无脉络可寻。

"居然会有这样的事？"她不是抱怨，而是惊诧。

"看看有没有东西遗失。"恰好站在她身边等行李箱的他提醒她。

她开了箱子，粗略地翻查一下，说："好像没有。"

那时她完全不知道，即将跟着锁头遗失的是她的心。

"那就没关系，走吧。"他说。随手帮她提起行李箱，放在行李车上。

一群人上了酒店的巴士。

"啊！"她担心地问，"怎么办？"

外表看起来能力很强的她，突然流露出一副手足无措的慌张。

“喏。”他适时递来一把小小的铜锁，“这个你拿去用好了。”

她感到高兴，觉得他像个善解人意的魔术师。

“谢谢。”她安心了，“待会儿在路上看到时，买一把新的，这把再还你。”

“不必还了。”他笑笑说，“一把旧锁头而已，无所谓。”

“不可以，不可以。”她一向不喜欢占人便宜，随便找个借口，“怎么可以送人锁头呢？”

平常相当严肃的他在旅途中也调皮起来：“希望锁住你的心呀。”

“真的？”她没有生气，也不以为意，还做出一个掏心的手势：“喏，给你，拿去锁住吧。”

两个人心无芥蒂，一起哈哈大笑。

到了酒店，经过导游的分配，各人住进各自的房间去。

过后是一连串的行程，而她全然没有将他的话往心上搁。

像这样的玩笑话，她听得太多了。

男人和女人说话，总爱开类似的玩笑，尤其是在没有工作压力、气氛轻松的场合。

而且这根本就是不可能的事，他们之间充满太多不能跨越的鸿沟。

不过就是一场旅行。

无意中一起去旅游，人生有许多这种机会。

然后大家回去过自己一直在过着的旧日子。

一直到回家以后，整理东西，她才发现，他的小锁头被她带回来了。

一个小小的、半新不旧的铜锁，毫不起眼，也不值几个钱。

开始，那把锁头就挂在她的旅行箱上，搁在橱里。

日子缓慢又迅速地流逝，她重新回到工作岗位。

但她无法再像旅游前那样心平气和地工作了。每天都感觉浮躁不安、恍惚焦虑，仿佛有些什么东西不对了。

很多天过去了，她的心仍然没法安顿，像搁浅在沙滩上，潮水一翻一卷，她的心就一上一下、一起一落。于是她把旅行箱拿下来，把小锁头开了，和钥匙一起放在床头柜里，每天晚上临睡前，打开柜子看它一眼。

她告诉自己："我只是不想欠人情，不去看它是怕自己忘记，待见面的时候，再把锁头带去还给他吧。"

她一心认定，只要锁头还回去，一切，包括紊乱不堪的心情，便可以迅捷地恢复原状。

把日子还原回去，是轻而易举的事。

然而她迟迟没有把锁头带去还他。

为什么呢?

她不愿意去思考个中的原因。

对一个小小的铜锁，竟然产生一种依恋的感情，她觉得已经是一个成熟女人的自己倏然变得非常陌生和可笑。

看见他的时候，他根本不提这事，似乎已经忘记有一把小锁头在她那里。

好几次，待她整理妥当情绪并作出若无其事的样子，想同他很冷静地提起此事时，往往又到了分开的时候。

每夜抚摸着锁头，她总要回忆和他同游的那段时光。

这是从前没有过的经验。

很多次，她和一群人一起去旅游。在旅游团里，很多男人都爱和女人，包括她，开开玩笑，说一些甜言蜜语，逗人欢心，她不能应对时便微笑。每次旅游回来以后，行程中的快乐悲伤，很快也就成为过去了。

日子里还有许多不可预测的未来，忙碌和杂事，令人无法抽出时间去细细回味往事。

然而，不知道为什么，这一段过去却一直过不去，被卡在记忆的瓶颈里。

她记得幼年时期，有一个晚上，家里的昙花即将盛开，所有的人都围在花盆边等待。终于看见花开了，在欢呼声和薰然的香气间，她问："为什么昙花在所有的花睡觉时才绽放呢？"

当时，没有人回答她，没有人能够解开她的迷惑。而此刻，那和他一起旅游的时光正是她记忆中的昙花。

时间的河不断地冲刷着回忆的石头，这颗回忆的石头，仿佛用品质优异的颜料作出来的画，永远鲜亮如新。

她气恼自己对整件事的无能为力，因为她实在不能，也不肯相信，小小的一个锁头，在无意间，在时间里，已经发生了他开玩笑时说的效应。

她更大的悲哀是，他，完全不知道。

门的后面

许多次梦里，一个人走过长长的廊道，两边都是房间，房门紧闭。

长长的廊道没有尽头，朝前直走，听见自己走路的声音，似乎是高跟鞋的咯、咯、咯，单调的脚步声。然而，她脚上穿的是跑鞋。

非常奇怪的梦，一直走，没有人，明明是密封的长廊，却有风呼呼地吹过，头发扬起来，裙角飘着，心里毫无一丝恐惧感。

总是来到同一个房门外，站着，迟疑一会儿，想伸手推开那道白色的门。手伸出去，刚摸到门的那个瞬间，就醒过来了。

醒来时，怔怔地，不知道自己究竟身在何处。

时常走进同一个梦里，像在重复做同一件事，非常熟悉的场景，熟悉的声音，在熟悉的时间醒过来，从不曾见到门开以后房里到底有没有人，醒来以后便愣愣地想，门后，究竟是怎样的一个地方？

刘医生听完何明丽的梦，问她："你是否对自己的未来没有信心？"

何明丽冷笑道："任何时候，我都可以一个人面对。"

"你却害怕推开未知的房门。"刘医生仍然面无表情，"长长的廊道是人生的路，两边的房间是生活的细节，关上的门里是你的未来。鞋的声音来自你的心里，虽然你穿的是跑鞋，但人生永远往前走，因此走路的声音会如影随形。密封的长廊有风，那风也是从你的心里吹出来的。你说你不害怕，因为你都知道。但是，你永远也没有机会推开那扇门，因为你不敢，你对未来仍然缺乏信心。”刘医生用淡淡的语调，分析何明丽的梦和她的性格。

“错了。”何明丽用同样冷冷的语气对医生说，“长长的廊道是工作的路，两边的房间关着工作，关闭的门后是我永远处理不完的公事，鞋的声音是工作的时候不得不穿的高跟鞋，那声音是我所痛恨的，它跟着我到我的梦里去。我喜欢跑鞋。长廊的风是办公室里的谣言，永远不停息。”她说到这里，顿一顿，叹息，声音低下来，“那个房间，那个房间就是我人生的梦。人生总要有一些美丽的梦，因此我不可以推开那扇门。一旦推开，我的梦就会永远消失。”

刘医生愕然，明知道不可恼怒，却冷冷地问：“既然你什么都知道，为什么还来找我？”

何明丽的眼泪流了下来：“我从来都不想做一个什么都知道的女人，但是你们男人却什么都不知道，什么都不懂，只会自作聪明。”

“你的时间到了。”刘医生面无表情地说，“下个星期同样的时间见。”

何明丽站起来，眼泪还挂在眼眶里，什么话也没说，用力推开那扇门。

胜　利

站在赌桌前，她突然意兴阑珊。

人，像潮水一般，涌来涌去，没有人注意谁来了谁去了。大家的注意力在于谁赢了多少钱，谁又输了多少。

赢的人，同时赢得众人钦佩的眼光，但这绝不是值得钦佩的事。

输的人，没人理睬，自己垂头丧气走开了。

输的人是前浪，赢的人是后浪，后浪推前浪，前浪死在沙滩上。

她再没有继续赌下去的心情，是因为她的眼睛望着转动的轮盘，仿佛看见自己的爱情。

青春年代，她以为爱情是世界上最美丽的事。

从来不晓得，爱情也可以是一场赌博。

在赌场上，胜利者获得众人注目，是焦点人物。

在情场上，并非如此，尤其是她的爱情。

她回到酒店的房间，坐在露台上，对着黑暗的山，想起她的爱情。

他说："你是胜利的那个人。"

他紧紧地拥着她，用力地吻她柔软的唇："她完全比不上你，在我的心中，满满的都是你的影子。”

她，是他的妻子。

也是她一直想拥有的身份。

“妻子？”他笑，“你要这个身份来做什么？你有的，她没有，最重要的是，你有我所有的爱。”

非常好听的甜言蜜语，非常动人且令她动心的话语。

开始时，她为此而满足。

渐渐地，她的希望已经不仅于此。

那个他口中的“她”，听起来仿佛输得一败涂地，但“她”可以和他一起出席各种宴会，一起去旅游，一起逛街，一起喝茶，一起吃饭，一起去这里那里，公开露面。

他说她是爱情中的胜利者，然而，她在公众场合看见他的时候，只能远远地望着，把那一点点的距离拉长，成为最遥远的距离，相视对望，却什么话都不能说什么事都不能做。

就像今天晚上，她上了云顶，是他约她的。

最后他来了一通电话：“她也想去，我们一家人一起去。”

于是，想象中的美好夜晚，变成一个人度过。

空气中的寒意，仿佛变得更重。

她在赌场时，看见他，和“她”。

她连微笑也没有，因为她笑不出来。

一个胜利者，却无法微笑。

究竟谁赢，谁输？

她分不清楚。

也许她不试图去分析，日子会过得比较好一些。

病

她推开医务所的门走出去，中午的阳光太炽热，照得她眼睛都睁不开。突然，一阵晕眩，她赶紧靠在门边的墙上。

幸好旁边就是一间咖啡厅，她于是进去点了一杯咖啡。

侍者刚走开，她又把他叫回来："对不起，不要咖啡，换一杯矿泉水给我。"

许丰识曾经吃惊地问："哇！这是今天的第三还是第四杯？会不会太多了点？"

那天她和许丰识出去一个下午，就喝了三杯咖啡。

她调皮地笑道："医生说，一天不要超过五杯就可以了。"

她对咖啡的爱是藏不住的。

无论跟谁出去，坐下来点饮料，她一定选咖啡。

但是今天她居然阻止自己，想一想，不禁苦笑。

刚刚医生向她证实了这几天来她的猜测。她一怔，不晓得该怎么反应。

呆呆地，听着旋律优美的音乐，烦躁却涌上心头。

手机响起来，正好唤醒沉浸在烦恼中的她。

"丰识?" 她下意识说,"我正要找你。"

"有话对我说?"

她回答:"我也有话要跟你讲。"

"好。"

她约他过来:"你马上到? 那我等你。"

也许是心有灵犀一点通吧。

到这时, 她才有点喜悦的心情。

"要怎么对丰识提起这事?" 她在想。

最主要的, 是她不知道许丰识会有什么反应。

坦白告诉他, 他会开心地接受吗? 或者对他来说, 是担忧?

恋爱半年多, 她忽然感觉自己并不是非常了解他。

也许是他们从来没有讨论过这个问题的缘故吧。

虽然从早上到现在, 一点东西都没入口, 她却毫无饿意。 不过, 因为在等待许丰识, 她向侍者要了蔬菜三文治。

看着桌子上的矿泉水和蔬菜三文治, 她惊觉自己点的都是平时并不喜欢的食物。 通常她点的三文治, 是夹烟熏肉的。

女人是否天生具备母性?

匆匆走进来的许丰识, 才刚坐下, 就说:"找你整个早上, 打电话到你办公室, 说你请假了。"

"是。" 她犹豫着不知道该怎么开头, 许丰识的问题正好让她可以回答,"我去看医生了。"

没想到许丰识并没注意她在说什么, 而是急急地说:"我要告诉你一件事。"

她愣愣地看他。 什么事情让他急成这个样子呢?

"我, 我要结婚了。" 他歉疚地说,"对不起, 我一直没有告诉你, 我还有一个女朋友, 她怀孕了。"

她沉默地, 双手按着自己的腹部。

是不是应该回头去找刚才那个医生做个手术?

过期的纪念品

开始的时候，她只是在收拾抽屉。已经很久没有静下心来，好好地整理一下抽屉了。房间是由一个钟点女佣打扫，可是小物件还是得自己打理。

她放了一张雅尼的唱片。“这是雅尼在希腊演出现场录制的唱片，非常轰动而且动听。”他送她的时候这样说。

之前不知道谁是雅尼。他确实教她很多东西。

缓缓地，她把抽屉里的物件一样一样拿出来。出乎意料的是，一个小小的抽屉，居然可以容纳那么多东西。待排满一地，她不由得苦笑起来。

眼前全是旅游纪念品。

人在旅游时，会做出一些愚蠢的事，比如购买纪念品。有很多因素吧。正如导游说的：“趁看见的时候赶快买。要不然，错过了，这个地方可能从此不会再来，以后就没有机会了。”

把握时机在那个时刻似乎很重要，问题是，买的全是不重要的东西，而且是根本不需要的东西。回来以后，丢也不是，送人也不是，只好搁着。下一次旅游，却又故态复萌。因为人有一种害怕的本能，尤其是对"再也来不及了"的焦灼心理，感觉特别深刻。留不住的时光飞也似的过去，人们都想抓住一些什么来留住当时的感觉吧。

小心地排列着，不是每件都有美丽的回忆，却有不少物品是令她念念不忘的，尤其是后来那两年买的东西。

是记忆犹新，她告诉自己。心里明白这是借口。她很清楚，难忘的旅程，不是因为非凡的风景或者带回来的高价物品，而是因为一起旅游的人。

只是不明白，为什么抽屉里的东西也会随着时光的流逝，渐渐地褪色泛黄。不是细细地收藏起来了吗？

仔细地把纪念品一一欣赏。欧洲半月之旅，美洲十天行，加拿大八日旅，北京七天行，澳洲黄金海岸五日游，全都过去了。然而，记忆中的日子，依然那么美好，仍然那么令人回味，永远不会褪色泛黄。

只不过，一切都不可能再回来了。她轻轻地叹息。

每年年底，她都快乐地收拾整理，将不要的东西丢弃，整理出一些空间来收纳新的物品。

这两年，每回打开抽屉，她都无从下手。

在记忆的网里，经过筛选留下的东西，每一样都值得纪念。

她是一个喜欢为自己的回忆寻求依托的人。在欧洲买的皮包，她拎着的时候，就回忆起欧洲的雪夜，天气太冷，虽有暖气，但她还是蜷缩得小小的，依偎在他怀里。那一夜，有个好梦。在美洲买的小皮衣，上班时候穿着，那贴身的温暖，令她想起他的拥抱。喝着北京的花茶，缅怀他们在北京一起喝茶的秋天的早晨。在澳洲机场买的手表，虽然款式已经旧了，却还戴着，象征彼此间分分秒秒的朝思暮想。这些都是日用品，用着用着，自然会旧了去，可是，为什么收藏妥帖的纪念品、小摆设，也会逐日变色呢？

原来没有什么东西是不会变的。

早上佣人为她整理厨房，找出一堆罐头：“小姐，你看，这些罐头都过期了。”

啊，她已经太久没有在家里开伙，两年前买的罐头还留着。这两年，每天有人陪她吃午餐晚餐，她已经把这些收在柜子里的罐头给忘得一干二净了。

“不能吃了，都丢了吧？”佣人替她做决定。

是的，也只好这样了，不然呢？

收着、藏着、留着、存着，但是，还是要过期，还是会过期。

她的爱情，她的纪念品，也像罐头一样，全都过期了。

把垃圾桶拿过来，将地上的纪念品一件一件丢进桶里。虽然心疼、不忍，还有很多的不舍，但她咬咬牙，一件一件地丢，就像她丢掉这一份无从等待的感情。

朝东的窗口

她不喜欢这个房间。

窗口的方向正好朝东。 她是在住进来以后才发现， 太阳尚未出来， 窗外便已经一片光亮。 等到太阳升起， 房间明亮炽热， 叫人怎么睡呀?

她抗议道:“不要住这里， 搬另一间好不好?”

习惯早起的他， 丝毫不介意， 耸耸肩膀回答:“这里很好呀， 不必设闹钟， 天亮便醒， 醒了便起床。”

不到六点， 起来干什么? 睡懒觉是她的最爱。“搬到窗户不朝东的房间吧。”

“搬?” 他摇头，“不不， 朝东， 是我刻意的选择。”

朝东的窗户， 刻意的选择? 她第一次发现， 两个人之间有很大的分歧。

她喜欢睡觉， 因为是自由职业， 没接到工作的时候， 便成天倚在床上， 不是无所事事， 而是听音乐， 打电话， 看电脑， 她连手提电脑也搬到床上。 尤其喜欢在晚上工作， 静静的， 没有电话， 没有人来， 没有其他杂事干扰， 可以专心做她的设计工作。

因此时常熬夜，最后养成晚睡晚起的习惯。

“为什么不装窗帘呢？”她奇怪。

“我就是喜欢清早的太阳，给我朝气蓬勃富有活力的感觉。”他像个好学生一样，笑着解释。

天呀，她觉得自己的抗议犹如一颗小石头丢进大海，连声音都还来不及发出来，就不见了。

“谁要什么朝气蓬勃呀！”她想回应他，可是又觉得他的话一点也没有错。不过，睡得不好，如何朝气蓬勃得起来？她只能在心里叹一口气。

突然看到墙上的空调，新的希望似乎又生了出来。

“开空调，好不好？”她继续努力，开口建议，以证明对这一段爱情她不是不珍惜。

“不好。”他毫不犹豫地回答，“一是环保，二是新鲜的空气比较健康。”

“那这个空调装来干吗的？”她嘟嘴。

“迫不得已的时候。”他说。

话谈到这里，对他，她心里开始涌出一种陌生的感觉。

他的迫不得已和她的迫不得已，原来竟是完全不一样。

从认识到答应去他的房间过夜，之间有半年多时间，恋爱的时候，谈什么都投契，觉得两个人无论思想、看法等等，都极相似。

于是投身而入。

没有想到，为了一个朝东的窗口，不得不分手。

咖啡的香气在周围飘荡，她却无法好好地享受。

心是酸的，但她还是开口说了出来：“我——我们，还是分开吧！”

话一出口，就感觉心抽痛了一下，然后整个人软绵绵的，好像连坐也坐不住。

心碎，叫人失去了力气。

“为什么？”他愣了一下，一副无辜的表情，马上又问，“我做错了什么？ 告诉我， 我愿意道歉。”

她张嘴， 想一想， 没有出声。

两个自私的现代人， 谁也不肯为谁退让哪怕一小步。

“你没有错。” 她微微地笑， 啜一口热咖啡。 再苦的味道， 最后也会过去的。

“只是自我比较重要。” 她没有说出来。

她相信他也有同样的看法。

脸扭向朝东的窗口， 阳光照着她的眼睛， 刺得很痛， 眼泪都掉下来了。 眼睛和心都很痛， 但她照样保持着礼貌的微笑。

巴黎春天的早餐

春天，在巴黎的一个早上，我刻意避开早餐。

向往中的巴黎早餐是这样的：一个大的花形托盘，里边有一壶醇香的咖啡、一小壶牛奶、两块方糖、两片全麦面包、一个牛角包、牛油、果酱和两个熟鸡蛋。

昨天黄昏投宿时，我问过接待员，他告诉我，第二天早上的餐点大致如此。

晚上临睡前，躺在陌生的床上，小小的电视就在我面前，对着我的床，但我没打开。整个房间静悄悄的，从窗口的一个小缝溜进来的空气冷飕飕的，在房间打圈。从三楼的房间通过玻璃望着窗外，圆圆的月亮在天空中发出柔和的光芒。今天是农历十五吧？或者是十六？树的枝条贴在对面小楼粉白的墙上，像是画上去的，而且是水墨画。数片寥落的叶子在月光映照下显得黯黑，在清晨时分，它们应该是嫩嫩的绿色。

半睡半醒之间，对次日的早点充满幻想。

下楼，先到餐厅。人不多。我一直走到花园的餐桌。暖暖的晨光下，微风轻拂，花香幽幽，薄雾游移。陷落在一种美好的感觉和气氛中。侍者拿来早餐托盘，放下。我在初升的朝阳里慢慢啜一口咖啡，深呼吸，微微的凉意。是咖啡美味的原因吗?

在巴黎喝咖啡，有篇文章的作者说，他在巴黎一个酒店花园的早餐桌上喝过有生以来最芳醇圆润的迷人味道。我因此选择位于左岸的这间酒店。巴黎左岸，文人和艺术家云集的花神咖啡厅和双叟咖啡厅，让人想起的不只是咖啡的香气，还有毕加索、马蒂斯、卢梭、海明威、沙特、西蒙·波娃等人。艺术家创作的灵感莫非是由咖啡提供的?

闭上眼睛，沉溺在咖啡的香气里起码一分钟，然后才开始吃面包。据说巴黎的牛角包，味道是全世界最可口的。

出门前我已做好功课。

无论到哪里旅游，之前，我都细心而全面地做功课，务必对那个地方多方了解，才动身。不喜欢贸然出游，不喜欢像傻瓜一样，不喜欢无知。

从一个地方旅游回来以后，竟不知道自己究竟去过哪里，这不是我。

一个朋友嘲笑道:“你是旅游还是考察? 还是去证明你读过的文章没有提供错误的资讯?”那个时候，我们正商量一起到巴黎去享受万物生长的春季，喝我迷恋的咖啡。

我白了他一眼。

没想到，他不喜欢。也许男人不知道，女人只给她喜欢的男人看她的白眼，那是一种撒娇的方式。

出乎意料的事未结束。昨天晚上从红磨坊看完表演回来，我在酒店门口看见他。

和一个女人。

每次出门，我皆做足功课，只是，有些事情实在无法预测。

巴黎早餐的咖啡，巴黎早餐的牛角包，叫人无法不去想象和向往。

然而，在巴黎吃早餐喝咖啡的心情已被破坏殆尽。

房间没有开冷气，但有冷冷的空气，从窗台上的隙缝钻进来。躺在床上的我幻想着我在巴黎的早餐。

我刻意避开早餐。

在巴黎，一个春天的早上。

过时手表

认识陈阿城的时候，我并没有留意到他左手戴着一个老款手表。

讲到观察力，我就变成低能儿。不过，不只是陈阿城这样吧。虽然今天是个消费时代，但仍然有很多人的手上还是戴着老款手表，甚至，五十年代流行过的衣服鞋子，也照样有人穿着招摇过市。

我们恋爱后不久，有一回我们约在电影院门口见面。我先到，却不晓得这是漫长等待的开始。起初我气定神闲，笑眯眯地看着人来人往，一边在心里重复陈阿城约我看这部电影时的笑容："每个人都在讨论《铁达尼号》，几乎是无人不识里奥和露丝。我们再不去看，就会变成城中的落伍人士了。"这么充满技巧的约会提议，我能够拒绝吗？然而，渐渐地，我感觉自己的一双脚仿佛要变成化石了，也开始明白望夫山的传说是怎么来的。于是，我放弃了对看电影的期待，在电影院前面的咖啡座坐下，点了一杯浓郁的爱斯比来索，想让香醇可口的咖啡冲淡心中因等候过久而升起的气恼。当我猜测铁达尼号已经沉进大洋里的时候，陈阿城才急匆匆地赶过来。

我没有叫他，而是让他在电影院门口环绕一圈，才慢条斯理地站起来向他招手。

在经过一段长时间的沉淀以后，我的愤怒已经掉到咖啡里，被我喝进肚子，消失了。

我的笑容令他放心，他脸色松弛地坐下来，一边忙不迭地道歉："对不起，对不起。"

我耸耸肩，只是笑："看来你要换手表了，足足迟到了一个半小时。"

他下意识地抬手，看一下手表。我坐在他身边，也探头去看。"咦？你的手表怎么停了？"

他并不吃惊，沉吟半晌才开口："这手表是旧的。"

我怔了许久，忘记问他为何迟到。

这件事之后，我看他依然戴着那个已经坏了的旧手表，有点奇怪，便问他："修好了吗？"

据说这个时代，除非是几千元一个的表，要不然，已经没有人送手表去修了。

他摇头。

"那你还戴着？"

这个癖好未免太古怪了，手表是告诉人时间的，戴着一个已经停止走动的表，什么意思呢？

留恋？怀旧？感觉时光的长针和短针走得太快，不想看它们不停地移动？

作为一个体贴入微的女朋友，我在陈阿城生日那天，送他一个新的手表。

生日过了很久，我注意到他每次出来还是戴着那个旧表。

我于是明白，其中一定有故事。

"愿意告诉我吗？"我考虑过才开的口。

"什么？"他做出不明白的样子。

"手表的故事。"

他想了一下，终于说："真巧，当她跟我说分手时，手表突然坏了，留下了她离开的时刻和日期。"

"她"，是他的前女友。

我脸上带着微笑，心里却藏着悲哀。

到这时才晓得，原来他始终没有忘记她。

新的手表对他的意义，比不上那个旧表。

我们分手的时候，他还是戴着那个旧表来。

"再给我一段时间好吗？"他要求。

"时间对你有意义吗？"我没有悻悻然，只是怀疑。

他静静地瞪着他那个停止在某个时刻和日期的旧手表。

"算了。"我先站起来，往前走出去的脚步没有丝毫犹豫。

让他继续留在旧的时间里吧。

蕾丝爱情

苏静红喜欢一切有蕾丝的东西。

“你看，多优雅、细致呀！”她对着一起逛街的办公室里新来的同事方瑜平说。

每回看见衣服或者桌布有蕾丝，苏静红都忍不住惊叹，然后抑制不住地伸手去抚摸，甚至索性将它买回去。

眼前这件衣服，她已经在购物商场兜了两圈。去了别的柜台看皮包和首饰，又在化妆品柜台买了一支口红，是今年冬天新推出的颜色，暖色的红。当时，方瑜平以为她要走了，谁知她又转回去。

“多么精美秀丽！从这花样，可见那制作人的细密心思。”苏静红对着蕾丝上衣，想象钩蕾丝的人正低头温婉、耐心地一针一针地钩着。

虽然方瑜平看得见苏静红眼中那强烈的不舍，但她的想法和苏静红恰好相反:“多么累赘哪！那么精细的工作，只做一件眼睛就够呛，太辛苦了。”

性格爽朗、做事干脆的她，买衣服绝不选择饰以蕾丝的：“看着就觉得麻烦，不只穿起来要格外小心，换下来洗的时候，还得特别送到干洗店去处理，我不喜欢。”

苏静红微笑着，没有争辩。每个人都有不同的看法，她不能强迫人人与她想法一致，她知道不可能。但是，数十年如一日，她就是没有办法让自己远离蕾丝："穿在身上，感觉自己多了秀逸的气质。"

方瑜平表示赞同，也顺便称赞了她："静红，你本来就秀气嘛。"

苏静红停了一下，才说："况且，你不觉得有蕾丝的衣服比较女性化吗？"

听到她这样说，方瑜平笑了起来："那样的话，需要穿蕾丝的人是我呢！"

这之后，才三个多月吧，苏静红突然一反常态，所有带蕾丝的衣服都被"冷藏"起来。去购物时，也不再对这类衣服情有独钟，而且，日渐消瘦。

"减肥成功呀？"方瑜平明知不是。对女人来说，情绪更容易影响体重，尤其是受感情的冲击。

苏静红苦笑不语，然后眼圈渐渐红了："原来爱情就像蕾丝，轻易便破损了。"

沉默半晌，方瑜平轻轻地说："是，美丽易损，所以要小心翼翼，非常辛苦。"

"我已经非常小心了，却还是要破。"苏静红表情毅然，声音却是稀稀薄薄的："放弃算了。"

看似平静的话语背后，一定藏着深刻的悲凉和疼痛吧。

过了一会儿，方瑜平才隐约透露自己的一点过去："现在你明白为什么我从来不喜欢穿蕾丝衣服了吧。"

沉埋在记忆底层的故事和心情倏然浮上来，方瑜平努力克制自己的情绪，却依旧遮掩不住她心底的惆怅和酸楚。

再独立的现代女性，也会被感情牢牢控制，无法自主。真是值得怜悯的凄凉哪。

两个沉浸在哀伤情绪里的年轻女性同时想到了这一点，不禁相对苦笑起来。

时代的歌

夕阳的余晖把客厅映得金黄亮丽，何西莉在金光中擦抹着满是尘埃的收音机，突然听到一阵歌声。

“如此悠游自在，如此来去自如，你在我的梦中随意出入。这是我的梦呀，你怎么可以？”

手上还拿着抹布的她像是受到惊吓，脚一软，在沙发上坐了下来，一手按着胸口，仿佛自己不小心闯进了别人的梦里。

那么长的日子，没有开收音机，也没有听录音带，生活里似乎再也没有歌。

多少年来，这首歌一直在唱，重复地播，就在她的心里。除了她自己，没有人知道，所以，听见歌声从收音机里传出来时，她还以为收藏妥帖的秘密一下子被揭穿了。

“起初我闭上眼，然后我闩上心。你仍然在我心里，一不小心，溜进我的梦。你怎么可以？”

歌手像在埋怨，语句间却隐约透露着欣喜的意味。

流行歌曲向来对何西莉没有多大的吸引力。念书的时候，古典乐和交响乐是她听音乐时的首选，然而，这首流行歌曲却像她手腕上的那条疤痕，清楚地浮凸着。

不知道是谁演唱的，歌声中夹杂着一丝哀怨：“那是我的梦，并不属于你，为何你非要，一再一再出现，纠缠不清，让我一直梦，梦到不愿醒过来。你怎么可以？”

张中和把录音带送给她的时候，对她说：“我自己录的。”

她张嘴，没有把心里的诧异说出来。她和他只是普通朋友，彼此从没送过礼物。

当她把录音带放在录音机里，歌声流出来时，她仔细倾听，眼泪突然无法抑制地流下。

原来流行歌曲也有悦耳动听的。

婉约的女声在优美的旋律里倾诉心事：“夜深人静，你在我的梦境自由出进。我想闪避、逃离、放弃，梦却变成难以抗拒的魅力，盼望每天晚上都有梦，盼望每个梦中都有你。啊啊啊，我怎么可以？”

那么俏皮活泼，又那么幽怨凄恻。

她从来不知道这两种感觉可以并不相悖地一起出现。

听完一盘录音带，才发现一共录有十二首歌，而每一首，都是《怎么可以》。

脸上带着泪的何西莉微笑起来，原来她并没有自作多情，原来她的感觉没有走进岔道。而她的心，已被他录制的歌曲掠去。

她和张中和认识已经有一段日子，却不曾约会过。原因非常简单：张中和是李明媚的男朋友。

隔天，张中和打电话给她：“录音带，你听了吗？”

“是的。”她心里紧张，语气却装得很坦然：“这首歌最近很流行啊，确实很好听呀。”

“你知道……”

到这时候，她才晓得，清醒居然也可以制造痛苦。内心苦涩的她不让他有机会把话说完："是， 我很清楚， 歌里头也说得明白。"

"我不知道自己为什么会……"

她还是不让他说完， 语带双关地提醒他："中和， 这首歌的歌名是《怎么可以》。" 而后， 她先挂了电话。

李明媚是她的好朋友。

本来以为只要拒绝张中和， 她就可以从凄迷怆然的暗恋中走出来。 完全意料不到， 这份感情像冬天里不肯凋敝的花， 在冰天雪地里依旧散发幽幽的芳香， 灿灿地绽放。 张中和从此每天晚上在她的梦境中随意出入。

她做了一件愚蠢的事， 把张中和送她的录音带复制一盘， 然后， 每夜在心上装满音符入眠。

歌在她耳中燃烧， 但是， 当张中和再来电话时， 她虽略带犹豫， 但终究还是把电话挂断了。 那个时代， 谁和谁要是开始走在一起， 最后好像都会走进结婚礼堂， 一切都理所当然。 横刀夺爱是不可赦免的罪过， 恋爱中途换了对象则超出世俗的道德规范。

忠心耿耿是恋爱必备的条件和资格。

她拥有的只是一份绝望的爱情和一卷令她既快乐又痛苦的录音带。

张中和结婚了。 新娘是所有亲戚朋友预料中的李明媚。

她在歌声中用刀片割伤了手腕， 在泪眼中看鲜红的血汩汩地流， 却又冷静地给医生男友打了电话。 因为她突然想到， 如果伤害自己， 也间接伤害了张中和。 这是她不愿意做的事。

从此领悟， 人生充满无奈和遗憾。

不是不明白自己很傻， 但是听到晴天霹雳时， 魂不守舍的她依然感觉内心虚弱无比， 无法承受。 爱上一个不应该爱的人， 本来就很傻。

这样的故事若在这个时代发生， 结局也许有所不同。

安于寂寞是另一回事。 最后她也和医生男友结了婚， 日子过得幸福美满。 丈夫从来没有追问过她手腕上的伤痕。

亦舒说过， 人们爱的是一个人， 结婚的却是另一个人。 时间流逝，名言成真理，任何时候都似成色十足的黄金，沉重而光亮。

同样的音符长期在心里跳跃，同样的一个人，夜夜在她的梦中来去自如。

她闭上眼睛，感觉眼睛湿湿的。许多年已经过去，许多流行歌曲已经过时，而当同样的一首歌响起时，仍旧有一种温柔在心上浮移。

“婆婆，这歌那么难听，我关掉好不好？”

十八岁的孙女摇她的肩，撒娇地问。

“……盼望每个晚上都有梦，盼望每个梦中都有你。啊啊啊，我怎么可以？……”

“难听？”她认为这是有史以来最动听的情歌。

“是呀。落伍得要命！爱一个人，不主动去争取，整天在梦中纠缠不清，这样的歌有什么好听！我要听那英的《干脆》。”

心焦如焚

“心焦如焚。” 听苏素玲说话， 觉得她真爱夸张。 不过是男友没有打电话来， 她就说一颗心已经烧成焦炭， 而火还继续在燃烧。

李立莉本来要陪她做个忧伤表情， 听到这话， 忍不住笑了出来：“要是心都烧焦了， 你还能在这里讲话？”

苏素玲的哀愁神色没有退去， 只是轻轻地摇头：“你不懂， 你不会懂的。”

“我是不懂。” 李立莉没有否认，“不过， 心是不太可能会焦灼如火烧就是了。”

情绪被一个男人控制， 还不自知， 李立莉本想点醒苏素玲， 却又听到苏素玲继续在自言自语。

“懂了也不是快乐的事。” 她低低叹息，“还是不懂好。”

苏素玲这句话一点也没错， 还是不懂最好

很多事都是如此， 懂了以后才明白不懂最好。

当李立莉终于尝到心焦如焚时， 反而说也不敢说， 担心听到这话的人一如当初无知的她， 会嘲笑她的心事。

原来爱上一个人，并不是快乐的事，许多奇怪的烦恼接踵而来，不仅仅是心焦如焚。

她曾经问过何志平："你明白心焦如焚的感觉吗？"

何志平对她大笑："又不是写小说，那么夸张。"

明明是聪明伶俐、理智爽朗的人，由于过分重视一个人，或者一段感情，就会渐渐变成一个充满呆气的傻瓜。

何志平对她，显然不如她对他的感情那样浓郁深刻。

这是她的痛苦，也令她更加心焦，眼睁睁地看着他像一只游戏人间的蝴蝶。在不知如何是好的情况下，她厚颜送他一瓶香水，香水的名字叫"不要说再见"。

"谢谢。"何志平高兴地叫起来，"'不要说再见'！这是你对我的要求吗？"

语气轻浮的他，洋洋得意地接下去说："嘿嘿，真奇怪，很多女人都爱送我这款香水。"

就在何志平轻佻自得的声音里，李立莉发现自己对他的那种特殊的感觉在刹那间消失得无影无踪。像那个洗衣液的广告，那瓶蓝色的洗衣液只用了一瓶盖，倒下去，衣服上的那一大片污秽瞬间褪去，一点不存。

而且她马上察觉到何志平那令人讨厌的轻浮态度。

她张开嘴，愣了一下，说："是吗？原来这个牌子的香水叫'不要说再见'？"

李立莉从来不知道自己会演戏。"对不起，我没注意，是姐姐去英国回来时带给我的。我不是很喜欢那个味道，所以转送给你。"她说。

她看见何志平的脸色沉下来，悻悻地说："原来如此。"

"再见。"李立莉从此不再答应何志平的约会。

她自然没有想到，因为一瓶"不要说再见"的香水，她对何志平说再见，而且从此不想再见他。

当苏素玲又一次提到心焦如焚时，李立莉说："是的，心焦如焚的人最可怜。”

她为自己不再心焦得像火灼一样而庆幸、 欢喜。

苏素玲却瞪她一眼：“谁说的？ 我真喜欢那个感觉。”

“那你怎么又说很苦？” 李立莉回瞪她， 心里觉得苏素玲大概有点自虐。

“是很苦。 但是， 能够为一个人心焦如焚， 不好吗？” 苏素玲一副心甘情愿受苦的样子，“那些从来没有心焦如焚的人才最可怜。”

原来苏素玲还是爱情哲学家。 李立莉仔细一想， 苏素玲确实是幸运的。 一个人一生当中能够有多少次为感情当傻瓜呢？ 要是在茫茫人海中，找不到一个值得为他心焦如焚的人， 那么这一生也未免太平淡太空白了。

虚拟之爱

她早上打电话来，语调轻快，从她活泼的语气仿佛就可以看见她飞扬的神采：“嗨！我昨天做了一个梦。”

手上正在电脑键盘上忙碌的我问道：“什么梦？”一个已经年过三十的朋友，还时常打电话来和你说梦，你不知道是要羡慕还是气恼。自己已经很久没有梦了，反正人生就是一天一天过下去。二十一世纪就这样迅捷地走了过来，无论你是否欢喜，是否张开双手，你都不得不向前迎接它。

对自己无法拥有而别人却轻易得到的东西，人往往因妒忌而生恨。

“是他！”她快活得像只小鸟，“他对我说永远不会离开我。”

“哦。”我反应并不热烈，“恭喜你。”

书上说，交朋友，要少说自己想说的，多说对方想听的话。

一只手却把网络关了。

他没有来信。

本来一天要来几封信的人，渐渐地，变得越来越淡漠。

网络爱情和现实中的爱情，有什么差别吗？

从开始的热情、激烈到最后的冷漠、淡化，再到无疾而终的结局。

看起来毫无差距。

“我今天真开心。” 她兴奋得像在雀跃， 连语句都有跳动的旋律，“等一下请你吃午餐。”

“好啊。”

整个早上， 恹恹无力， 精神不济， 我认为这是一种习惯被破坏的后遗症。

就像一个每天喝咖啡的人， 一天没喝， 就会觉得精神不振。

以前他每天一封热情洋溢的信， 最近突然少了， 今天甚至一句话也没有， 所以， 我就变成一个有咖啡瘾却还未喝咖啡提神的人。

之所以会上网去寻找爱情， 是因为在现实生活中， 总是尝到失败的滋味。

失恋是可怕的事。 没有过这种经验的人， 通常会教你用这种手段那种手段去对付万箭穿心的痛楚。 经验丰富的人一听， 马上清楚这全是隔靴搔痒， 不足为师。

以为只在网上相见的虚拟爱情， 不会有痛苦， 所以一头栽进去。

然而既是陷身掉落， 又如何全身而退?

原来亦是不可能。

从未见面的两个人， 也会谈爱? 真是笑话一则。

却是心酸的笑话。

说是吃饭， 其实她只是要找个陪她聊天， 听她说心事的对象罢了。

“好高兴。” 她并不是因为自己微笑起来特别漂亮就一直笑， 我知道。

“他说， 永远不会离开我。”

我觉得她好笨。

世界上哪有永远这回事。

况且， 也许他真的永远爱她， 但是永远不离开? 想想也知道不可能。

我默默地低头吃饭。

“我对我们之间的恋爱， 存在着不安全感，” 她叹息解释，“所以听到他说永远不离开，才会那么高兴。”

我只想快快吃完饭，然后回到办公室，打开网络，看看有没有来信。

“你难道没有听过，梦和现实，正好是相反的。”我残酷地对她说。

一个痛苦的人，是看不得人快乐的。

“啊！”她被一语惊醒。

刹那间自快乐的山顶坠落到哀伤的谷底：“那，那应该怎么办？”一脸的无助。

别人的痛，不是感冒，不会传染，我冷冷地说：“再做一个梦吧！”

“不不！”她说，“我不要一个他说要离开我的梦。”

一个人要离开你，有时候是不会告诉你的，我真想告诉她。

三十几岁的女人还那样天真，就不该涉足爱情。

啜着咖啡的时候，我的心依旧在想，我的电子邮箱里是否躺着他的来信。

在咖啡的香气里，一个被虚拟爱情折磨的女人，嘲笑地看着另一个也被爱情，或许也是虚拟爱情折磨的女人。

化为粉末的野花束

埃及法老图坦卡蒙“年纪轻轻就去世，深爱他的王妃伤心不已。当他被放进黄金棺材的时候，极度哀伤的王妃，在图坦卡蒙的胸前放了一束野花束。后来，考古学家发现了图坦卡蒙的古墓。打开棺材，当考古学家双手拎起那束野花时，瞬间，野花束化为粉末。”无论多么动人的爱情，到最后也是烟消云散。她说完叹息了一下，啜一口蜜糖红茶。这个爱情故事更令人难忘的是，富可敌国的埃及法老和王妃，生命中最后一份爱的礼物，竟是随处可见的野花！

她喜欢这份浪漫，非常希望平时粗心的他，能留意到故事中的这一个细节。

“有个朋友说，乳酪蛋糕配咖啡，相得益彰。”他说，“换杯咖啡吧。”

本来准备点头的她，用小匙轻轻搅动红茶，突然回答：“我不要。”

把桌上的蛋糕慢慢推过去，她追问道：“你听到我说的故事了吗？”

“哦？什么故事？”他切下一小块蛋糕，放进嘴里，“其实我不怎么爱吃蛋糕。”

吃第二口的时候，他倏地想起：“咦，这蛋糕不是你点的吗？”

她想象电影里的画面：把蛋糕朝那个讨厌的人的脸上扔过去……

他完全不理会她的故事，继续说：“你不觉得肉包、叉烧包或者大包，都比蛋糕好吃吗？”

“也许吧。”她淡淡地回答，“可是我……”

没等她说完，他插嘴道：“你既然叫了，就不应该浪费嘛。”

“你听到我说的故事了吗？”她抬高声音。

“什么故事？”他问，“你听到我刚刚讲的吗？不吃就不要点呀。”

“一坐下，我就开始讲故事，关于一束野花的故事。”她提醒他。

“野花？”他很专心地吃面前的那一块蛋糕，“野花有什么好听的故事？”问完了他又说：“以后不吃的东西你不要点啊。”

“我知道了。”她轻轻地回答。

“那就好。”他高兴地说，“等一下我们去吃好记酒楼的叉烧包。味道很好，你一定喜欢。”

“你都没有问我知道什么。”她冷冷地说。

“你知道什么？你知道以后别乱点不吃的东西，不是吗？”他说。

“不是。”她回答。

“走吧。”他站起来，“我们去吃叉烧包。”

“你自己去吧。”她径自走了。

“喂！喂！你干什么你？”他在她背后喊。

“你不去吗？”他继续喊，“很好吃的叉烧包啊！”

她头也不回地走了。

“女人真难侍候。我说错什么了吗？不吃就不要点，有错吗？叉烧包比蛋糕好吃，有错吗？”他完全不明白自己哪里不对。

幻想电话

“对不起，对不起，你一定等很久了。”

叶芳华在电话里听到一个陌生的声音，对方的口气却显得好像和她非常熟稔。

“你是谁？”她下意识地问。

“你不要这样好不好？”他在那边说，“我不是忘记。只是实在没有办法。她一直在我身边，我走不开，又不能在她面前打电话给你！”

叶芳华的确是在等电话，但没想到等的电话没有来，来的却是一个误会她在等他电话的人。

“如果你不告诉我你是谁？我就要挂了。”叶芳华仍然有耐心和他继续说下去，是因为她猜测，他的故事和她的故事似乎有点相似。

“难道你不是芳华吗？”他问，有点吃惊。

一阵疑惑在叶芳华的心中缓缓地升起来。他到底是谁？居然连她的名字也晓得，这么说，他并非打错电话了？

“你是——？”她迟疑着，一边在心里琢磨：这声音，并不是他的呀！

“如果你要惩罚我，也等见面的时候呀。我好不容易找到机会打这个电话，你不要这样子嘛。”他仿佛没听到叶芳华的问题，低声苦苦哀求。

惆怅和迷惘冲击她的心，终于在眼睛里徘徊。她一句话也不回答，感觉自己的鼻子塞得厉害，不禁深深地吸了一口气。

他是一个细心的男人。事实上，骆家勇就是这一点打动她的：“你哭了，是不是？你哭了吗？”

“没有。”她用手指擦一下鼻子，“我告诉过你，我不会再哭了的。”

她数次和骆家勇提分手，但他就是不同意。她当然从来不与他提离婚的事，而他也完全不谈这事。

每一次，说着说着，她只能够掉眼泪。

为什么别人的爱情都是喜气洋洋的，而她的却永远是快乐里有一丝忧伤，甜蜜里有一些痛楚？

“我听得到的。”他的声音温柔体贴，“你不要哭，好不好？你一哭，我就心痛了。今晚你一定睡不好，我知道的，你不要这样。我抱歉，真的，我道歉，都是我，我的错，我害你……”

“没有，没有。”叶芳华一直摇头，明知道电话那端的人看不见。而她的眼泪就像她的爱情，无法控制，汩汩地流淌。

“我明天再给你电话，好不好？”他的声音益发低了下来，“她回来了，我要挂电话了。”

是的，她回来了，本来她在美国陪孩子。叶芳华认识骆家勇的时候，以为他是单身。等到她陷得过深，再也爬不出来时，她却回来了。

叶芳华感觉自己的卑微和无依，她只能躲在他的背后，做一个没有影子的人。

“明天，这个时间，记得。”

她听到电话断了线后呜呜呜的声音，空空的，仿佛刚才的声音都是凭空幻想出来的。

南　瓜

宴会在进行中。

整个会场布置得异常堂皇，张灯结彩之外，宽大的厅里，中间竟然摆着一个巨大的花瓶。刘隆三走进来看见它时，吃了一惊，花瓶比人还高，瓶上画上花草什么的。后来听到有人说，那是清朝的古董，价值不菲，多少钱大家也讲不出来，只知是天价。

大厅左侧，请来一队乐团。刘隆三对音乐不了解，但看到有三角大钢琴，有人拉小提琴，还有人吹金色的喇叭。

会场上，鲜花布满厅堂的每个角落。刘隆三不晓得他们是怎么做得到的。最近的天气干燥异常，简直是火般的酷热，这些鲜花却绽放得亮亮的，仿佛刚浇了水一样，充满盈盈的水气。

表面不露声色，心里却震撼不已。这种像电视电影画面的地方，原来在这个社会上真的存在。以前他以为是为了拍电影而制作出来的场景。

眼看与会嘉宾个个盛装而来，男的西装笔挺，女的浓妆艳抹。刘隆三低头看一下自己的衣服，不禁自惭形秽，赶紧随便找个位子坐下。

坐在角落的刘隆三，冷冷地看着客人们在互相寒暄，礼貌地点头、握手、问好，个个手上举着一杯饮料，没有谁真正喝，只在遇到人的时候，客气地啜一口。

他其实不太清楚今天晚上的请柬是谁派给他的。公司里，他属于小人物。不是总级或长级的普通职员，通常没有机会参加这种宴会。

从前他听到几个职位比他高的同事，出席公司每三个月举办一次的交流宴会后，喜欢在公司里描述他们前一天晚上的情况，比如来人非富即贵，当天晚上的红酒味道多香醇，菜式丰富无比美味，是五星级酒店叫来的，认识了哪家大公司的老板等等。刘隆三觉得他们其实不是在回忆或者讨论或者闲谈，而是故意在他面前炫耀。

前几天，在办公桌上看到请柬时，刘隆三虽然心里惊喜不已，却悄悄地把请柬收进抽屉，一声不吭。没有人知道，这次的宴会也邀请了他。

公司里的几个大头都来了，刘隆三没有上前去和他们打招呼。他们公司很大，职员数百个，他不认为这几个巨头会认识他。他不愿意上去自讨没趣。

“啊，你好你好。”他听到站在他前面的人在和另一个人打招呼。

“你好你好。”另一个人回答，“好久不见。”

“可不是，好久不见。”两个人说完，其中一个人走开去。站在他前面的那个人问身边的人：“刚才那个人是谁？”

“不知道。”身边的人摇头，“不是名人啦，出名的我都认识。”

“切，早知道不用理他。”

他们一齐走开了。

说实在，刘隆三最讨厌这种人了。见到重要人物就抱大腿，对普通人却不理不睬。

突然，有个衣着光鲜的男人走上前来：“啊，你好你好。”

刘隆三左瞧右看，没有别人，衣着光鲜的男人站在他面前，用力握他的手，连声：“好久不见，好久不见。”

刘隆三的手被他握得很痛，只好站起来，淡淡地说：“你好。”

衣着光鲜的男人不走开，反而说：“你不用站起来，坐吧坐吧。”

刘隆三不知他什么意思，听话地坐下。

“最近公司很忙吧？”男人问。

“还好。”刘隆三因为不知这男人的底细，只好随口回答，态度不怎么热情。对于一个陌生人，他不太懂得沟通的艺术。

男人讨好地点头微笑：“我回头再来找你谈谈。”

刘隆三耸耸肩。

男人走过去，对着一个举着酒杯的肥胖男人小声地说：“嗨，你看见没有？坐在那边的人，肯定是个大老板。我过去和他打招呼，他还冷冷的不睬我。”

肥胖男人急急转头：“哪里？在哪里？我也过去打一声招呼。”

“你不知道他多么低调，穿衣打扮也很普通，就是态度冷淡极了。通常富家子弟的气质，都是这样的。”

“你不要挡着我，我要过去打招呼。”肥胖男人朝刘隆三走来。

整个晚上，刘隆三不知道到底发生了什么事，一个又一个，看起来就像大老板的人，都过来和他亲热地打招呼，甚至很多漂亮高贵的女性，也一直过来和他又说又笑。

他的胆子渐渐壮了，开始和周围的人谈笑风生。其实大家都在说着言不及义的话，天气呀，国际局势啦，股票市场啦，等等。

音乐声渐渐低下来，宴会就要结束了。刘隆三觉得自己刚开始投入，散会的时候却到了。

曲终人散，大家都在外头等司机开车过来。

刘隆三看见一辆又一辆名车，把一个又一个老板载走。有个老板问他：“你的车呢？”

刘隆三说：“我坐的士来。”

“什么？”刚才在宴会里亲热地握着他的手的老板，轻蔑地看他一眼，上了自己的车。

刘隆三突然想起小时候看过的童话，一部豪华的马车，在半夜十二点的时候，突然变成一个南瓜。

不知道是谁告诉了谁，一下子，所有的老板都知道他们搞错了，大家看刘隆三的眼神，就像在看一个骗子。

是谁把请柬放在他桌上的？他很生气，他觉得，是那个人害他变成了一个南瓜。

电话里的蓝莓茶

“你不知道我今天找到什么！”

像这种高智商才能够回答的问题，我无法应对。幸好，苏宜敏并非提问，她只是炫耀自己在闲情逸致里，又有新的发现。

“唔？”我不想让她过于得意。

“蓝莓茶！”喜欢用惊叹句是苏宜敏的不良嗜好，但我已经习惯。

“唔唔。”我的眼睛在桌上的文件里浏览，思绪在下午要开的会议里流连。

“日本人称蓝莓为‘瞳之果实’，因为它有丰富的维他命 A 和 C，是非常珍贵的浆果，可以让你喝出美味，还有健康。”她像营养师兼推销员。

“唔唔。”这是告诉她，我听到了。

“除了‘唔唔’，你还会说些别的吗？”觉察到我的冷淡反应，苏宜敏有点生气。

“唔？我下午还有会议，改天约你喝茶好吗？”

我不可以挂她的电话，不是怕她生气，而是怕她的闲逸。

苏宜敏家里有三个工人、两个司机、一个厨师、两个园丁，所以二十四小时无所事事，打电话是她生活中最大的乐趣。有一次我太忙，讲完话没待她回应就挂了电话，结果那个早上她“回报”我三通电话。

“好啊！什么时候？”她高兴有人相伴，“到我家来喝蓝莓茶。”

“好。”我马上答应，免得她继续游说。

“我等一下打电话给秀英、美莉和素清。星期日下午。别忘了。”苏宜敏终于完成任务，把蓝莓茶介绍给我，心甘情愿地挂了电话。

加班以后，离开办公室，星星在天空闪耀。回家路上，经过二十四小时营业的商店，停下车去买第二天要吃的面包。付钱的时候，嘴里突然溜出一句话来：“小姐，你们卖蓝莓茶吗？”

“没听过。”她苍白的脸上毫无表情。

收银机“叮”的一声，我付了面包钱，走出来。

人生真奇妙。今天我遇到一个对蓝莓茶非常热衷的女人，一个对蓝莓茶非常冷淡的女人。

第二天一早，一到办公室，就接到一份礼物。

秘书小姐递给我，说：“一个司机送来的。”

“今天是什么节？”我问秘书小姐。

现代人节日太多，有时疲于应付。

“什么节？”秘书小姐愕然，想了一下说，“今天什么节都不是。”

“哦。”这时候我看见小礼物的包装纸上，贴着一张卡片：“请笑纳。”是苏宜敏的字。

撕开漂亮的包装纸，没猜错，一个紫色盒子，用仿宋体印着“蓝莓茶”三个字。

我的心情有些昂扬。生活中充满沉郁苦闷，有时候一杯茶也有提高生活品质的作用。拿出茶袋，冲泡一杯，酸酸的果味随着热气升腾。

开始工作前，啜一口。

噢！

懊恼至极，但愿它永远搁在电话里边。

“怎么样？” 苏宜敏的电话来了：“味道很好吧？”

“唔。” 我不置可否。 对于热情如火的人， 泼冷水会让她沮丧， 甚至憎恨。 刚出社会的人才会做此傻事。

“记得， 星期日下午四点。” 她提醒我。

怎么告诉她， 她的那杯茶不是我的呢？

父亲和鱼

阿丽到机场去迎接自彭亨到斗湖来的父亲。

父亲一年到访一次。他自怡保乘计程车到吉隆坡，再由吉隆坡飞哥打京那巴鲁，然后转机到斗湖。长途跋涉的原因是他想念唯一的外孙志明。

听到志明叫“阿公，阿公!”，他就开心。

看见父亲从机场走出来，阿丽非常高兴。结婚时，丈夫还在彭亨州的家乡。没想到一年后，因为做生意，他们从西马的中部搬迁到东马，和父亲相聚的时间便少了。

从小并没有和父亲特别亲密的阿丽，见面时，也不习惯表达那深埋在心中的思念和牵挂，每次接机时，只是淡淡地唤一句：“爸爸。”

父亲看到女儿阿丽，也是快乐的，脸上却依然显得严肃，只在喉咙里深深地“唔”了一声。

“阿公，行李让我来提。”身材高大的志明上前来把行李接过去。

父亲微笑道：“志明又长高了。”

阿丽在旁边说：“今天是他开车来的。”

“啊！考了驾驶执照?”

“是的。” 志明灿烂地笑，“阿公， 这回我可以载你到处观光。”

“好啊。” 他欣慰地点头， 心里对阿丽当年不听话， 不多生几个孩子的事仍旧不能释怀。

一到家， 阿丽就到厨房去交代佣人开饭。

之前和外孙相谈甚欢的父亲， 坐下来， 一看到桌上的菜， 脸色便黑了下来， 表情僵硬地不讲话了。

阿丽有点奇怪， 她急急解释：“伟成说不必等他， 公司的事很忙， 他中午一般都不回来吃饭。”

父亲的脸色依然阴沉， 阿丽对老人家的不谅解颇觉无奈。

唯有志明依旧轻松、 愉快地说话：“阿公， 我等一下载你去看新建的一个寺庙， 幽静又干净， 草地很宽阔， 你一定喜欢。”

“好的。” 父亲只夹他前面的菜， 阿丽赶紧把桌上那盘煎得香香的鱼推过去：“爸爸， 你最爱吃的。”

“我最爱吃的？” 父亲诧异地看着她，“谁告诉你的？”

是的， 谁说的呢？

从前三五角钱一公斤的小鱼， 如今已经涨到一公斤六令吉。 用油煎得香脆， 配饭或配粥都很可口， 但是， 华人一般都很少购买， 认为是贱价的海鲜。

阿丽记得非常清楚， 二三十年前， 在家里， 最贵， 最好， 令全家小孩抢着夹在自己盘里的菜肴， 就是这种小鱼。 她时常因为争不到而哭，父亲就骂她：“你怎么那么爱哭？” 泪眼蒙眬地看着兄弟姐妹盘里的鱼， 而她的盘里一只都没有， 她只能抽噎着说不出话。

后来， 每次父亲一说要来， 她就到巴刹去找， 务必找到这种小鱼，她要让父亲吃她心目中最美味的鱼。

“我以为——爸爸爱吃。” 阿丽一句话分三段地说， “我们家以前常吃的， 爸爸忘记了？ 我——我从小就很爱吃。”

“原来……” 父亲的眼睛湿了。

他每回看到阿丽饭桌上的小鱼，就气恼这个女儿对远道而来的自己太小气。每当他告诉朋友要从怡保去斗湖探望女儿时，朋友们就羡慕地说："斗湖的海鲜是全马最便宜最好吃的，你的女儿一定大鱼大虾招待你。"

他把小鱼夹进嘴里，小口小口地咀嚼着，一再重复："是的，很好吃，很香，很好吃。"

然后各夹一条放在女儿和外孙的盘里："志明，快趁热吃。""阿丽，你也吃。"

似乎连阿丽不多生几个孩子的事，他也原谅了。

不认输的咖啡

开会过后，杨文俐意兴阑珊。早上出门时，充满阳光的脸上此刻已经蒙上一层阴霾，只是，倔强的她向来不轻易流露出内心的沮丧。

勉强挤出的笑容没能逃过刘永淇的眼睛，她微笑邀请：“下班后一起去喝杯咖啡再回去吧。”

城里的咖啡屋像雨天张开的伞，不同的颜色、花样，越开越多。时下的单身上班族，已经习惯劳累一天后相约去喝杯提神饮料，然后各自回家。

“一杯摩卡。”杨文俐说。

“一样。”刘永淇对侍者点头。

“听说巧克力里边有某些物质，吃过以后可以令人快乐。”离开办公室后的杨文俐终于放弃掩饰，透露出浅浅的忧郁，话语中带点自嘲。

“那你怎么不喝巧克力？”刘永淇问，似乎非常清楚杨文俐的不悦。

“我喜欢咖啡的香味。”杨文俐说，“摩卡咖啡里也添加了巧克力。”

“那真好，又提神，又快乐。”刘永淇刻意地说笑着，“今天晚上要去哪里？”

下班的时间，路上都是人，一个个走过街边的咖啡档，谁都没注意谁。

“看，大部分人的方向，都是家吧。”望着归心似箭的人群，杨文俐有感而发。

“家是避风港。”刘永淇笑道，“你没听过吗？”

杨文俐突然鼻音浓重起来：“我们都是航行在风浪中的船，都在寻找安全的港湾。”

以能干、强悍著名的杨文俐，从来不是情绪化的诗意文人，却念出像诗一样的句子，刘永淇大感意外：“怎么啦？文俐，黄总控制了你的情绪吗？”

香浓的热咖啡显然并不能熨平她起皱的心。

“早上开会的时候，黄总宣布，升职的居然是曾少如。”

“喝咖啡吧。”刘永淇建议。

“是，只好喝咖啡。”杨文俐苦笑地啜一口，“我们都比不上曾少如。”

“所以喝一杯认输的咖啡吧。”刘永淇明白杨文俐的委屈，“她为了升职，不介意陪黄总去应酬，还有……”

“别说了。”如果要低声下气若曾少如，杨文俐不必等到今天，“谈别的吧，不要再提公司里的事。”

刘永淇点头：“好，报告你一个消息，我要结婚了。”

张口结舌的杨文俐睁大眼睛：“你？永淇，你不是还有理想还有计划尚未实现吗？”

虽然刘永淇已经有心理准备，但杨文俐反应的强烈还是超乎她的想象，她承认自己的无能和软弱：“办公室里钩心斗角太辛苦，躲在避风港里的生活，比较舒服吧。”

“那当然。”杨文俐突然爽声大笑：“走！把咖啡喝了，我们去买两条金链。一条送你，作为妥协的礼物；另一条送给我自己，鼓励我依然要为失败而重新出发，继续努力。”

刺激神经、消除疲劳的咖啡，已经发挥作用了吗？一杯摩卡，竟然可以转化杨文俐的情绪？面对充满斗志的杨文俐，刘永淇没有把剩下的咖啡喝完。

咖啡约会

“好，下午三点，就在‘上格’咖啡屋。”

对他一再的邀请，她终于妥协。

他是在两年前开始邀请她一起去喝咖啡的。

那时他们刚认识，他听说她爱啜咖啡，马上提出邀约。

她拒绝了。

有一本书上写道：“对不喜欢的男人，不要给他哪怕只是一线的希望。”

她没有特别喜欢或者不喜欢他。

他确实有不错的条件，事业有基础，人也风趣，而且温柔。

因为捕捉到他深情款款的眼神，她有点害怕。

有些感情，不要开始，因为担心自己无法处理妥当。无论是谁受到伤害，都非心中所愿。

而他，并没有因为她的屡屡拒绝而死心。

越是虚幻难料越是捉摸不定的女人，男人的兴趣更是浓厚，益发迷恋难舍。

也许他认为锲而不舍的坚持会是愈煮愈热的水，可以融化她冰冻的心，所以他每个星期都来一通电话，探索新的讯息。

也不多说其他，只是同一句话："什么时候有空？我们一起喝咖啡。"

她一贯不冷不热："啊！最近比较忙。"

这是一种变相、间接的推辞，任谁都听得出来。

他不是不明白，但他无法控制自己对她的倾慕。正如那只数万元的名表，搁在橱窗里，他每天路过时都会放慢脚步，痴痴地看着。

连他自己也意料不到的是，这样的邀约居然缠绵不断，持续了两年。对自己的毅力和恒心，他忍不住苦笑。

而她这次竟会应约，在那个瞬间，他以为自己听错了。

记得去年为了完成一个拼图，他花了一整年的时间，最后那几张永远都拼不上，有一个下午，突然灵感来了，整张拼图在刹那间完成。他松了一口气，沉默地对着那完整的图案观看良久，并无想象中那份巨大的成就感。

一个愿望拖得太久才得以实现，那份快乐会缩小很多。

当然，他不晓得，她之所以突然答应，是由于占据在她心中的那个男人，已经被她驱逐出境。

一桩感情事件，从生到死，必在其因。但她不会对谁说什么。

只是，男人不在心上，一阵突然袭来的孤独和寂寞，非常深刻、蚀人。

等待了两年，他从热烈到冷淡，不过是由于心不甘，情不愿，所以继续打电话，继续提出邀约，一种变相的习惯。

把电话放下，她抬头一看，是上午十一点。

吃午餐的时候，心中的后悔令她食不下咽。

难道身边没有男人，日子就过不下去吗？她悲哀地嘲笑自己。

他经过一番考虑，打了一个电话给表妹："帮我一个忙，装作是我的未婚妻。我要让一个曾经拒绝我的女人，感受一下失望的痛苦。"

他带着表妹，在咖啡屋等了一个下午。

她，始终没有来。

心事的花瓶

他把花瓶送过去的时候， 没有包装。

“我画好后老师帮忙烧的， 我一直没学会烧。”

她看着他的画， 稚拙的线条， 那朵黄色的花似乎烧得不太好， 颜色不够鲜艳， 而且显然画得有点变形， 花瓣太小， 花心太大。 不过整体看起来， 却有一种拙朴的美。

“谢谢。” 她低声说。

然后就不知道要说什么了。

这个瓶子是她捏的。

圆胖的肚子， 小小的瓶口。“可以装很多心事。” 当时她是这样说的。

他沉默地， 手上在捏的， 是一个杯。

从开始学习捏陶起， 他从没想过要做个花瓶。 他是非常现实的， 总想制作一些比较实用的东西， 比如杯、 碗、 盘等等。

一直到她来参加这个课程后， 他才发现， 她只做小摆设， 而且都是奇异的形状， 但看起来都很好看。

他们很少交谈， 来学习的人不多， 有时四个， 有时五个， 最多时候，也不过是六个，不定，但极少沟通。成人班，大家仿佛带着戒心，只来上课，下课后就各自回家。

有一天他突然对她说："我在学画，下次你捏好，我替你画一个。"

那天，来上课的只有两个人，就是他和她。

她听后，静静地，没有立刻回答，想了一会儿，才说："好。"

当时她捏的，就是这个花瓶。

因此她说："就这个吧，捏好我交给你。"

"为什么做这样的型？"他问。

她停一下，说："可以装很多心事。"

一个课程结束了。

她没有再来，但留下那个花瓶。

他是为了她而继续来上课的，没见到她，向老师打听，原来她结婚去了，嫁去新加坡，不远。但他没有再见到她。

"没想到，真的能够亲手把这花瓶交还给你。"他说。

这个花瓶，已经画好烧好三年，他小心保存，为着这一天。

"是的，我也很意外。"

抱着装满心事的花瓶，她感觉沉甸甸的。

三年前的那一天，她听到他的建议，隐约明白他的心事，也终于明白什么叫作相逢恨晚。

"我回来了。"她对他露出一个充满希望的微笑。

结婚的时候，收到的都是祝福。可惜所有的祝福都保护不了一桩失去爱情的婚姻。

在他来以前，她精心打扮，以为他接着会邀请她去喝茶或者吃饭。

"我的太太和孩子在车上等我。"他指着门口那辆银色的车。

他是两年前结的婚。

她捧着她自己制作的花瓶回家，放在客厅的桌上，对着满腹心事的花瓶发呆。

自由的风筝

夫妇俩一起陪孙子到公园放风筝。 阳光照在身上， 暖暖的， 是个好天。 可是， 公园里放风筝的人并不多。

在幼儿园上课的孙子还小， 课本里有一篇文章是《放风筝》， 孙子为此吵闹了好几天。 后来儿子给他买了一个美丽的花“蝴蝶”， 孙子更加按捺不住那份向往。 孙子拿着课本中的图片说：“爷爷奶奶， 带我放风筝去， 带我放风筝去！”

趁着太阳还没升高， 夫妇俩带着孙子到附近的公园来了。

“爷爷， 就在这边好了。” 刚到公园， 孙子就要开始放风筝。

“好， 好。” 他停下脚步， 和孙子一起整理手上的风筝。

“不行。” 她摇头， 拉着孙子的手，“得再往前边去， 这里很多大树， 会挡着。”

“不不， 我不要向前。” 孙子心急又兴奋，“爷爷都说这里行呀。”

她转头过去责怪道：“都是你！ 怎么连放风筝要挑场地也不知道， 乱说‘好’。”

他有点沮丧， 低声跟孙子商量：“小强， 我们去那边好不好？ 在那边空地上放风筝，风筝会飞很高的。”

为自己首次放风筝而紧张的小强坚持：“不要不要，我要在这里放。”

“好吧好吧。”她露出不高兴的脸色，“那你们放吧。”说完径自走到树下一张长椅前，坐下。

他和小强先把风筝打开，把绳子拉好，然后他对小强说：“喏，让爷爷扯着绳子，你把风筝拉到前边，等爷爷说‘放’的时候，你再放手。”

“好啊。”小强高兴地回答。他被小强的快乐感染了，觉得自己好像恢复童年的玩乐心情。

一个用力扯着线，一个往前走，爷孙同时想象风筝上天的情景，没想到小强一放手，风筝不但飞不上去，反而掉在地上。

“哪有人这样放风筝的？”她在长椅上冷冷地说，“你总要跑几步吧？而且要把线扯紧一些啦！”

在一起有四十几年了吧？他可从来没看过她放风筝，更不晓得她会放风筝，但是，他一直知道她有那种“自己不懂，也说得头头是道”的本领。

他没理她，要小强再尝试。

雀跃的心跟着风筝再一次落在地上。

“都说要跑几步嘛，还有那个线，松松的，风筝怎么飞上去？”她看不过眼，走前来指手画脚，又白他一眼。

他不气馁，叫小强再试，她继续在旁边当指导，结果，这回成功了。

风筝一上天，小强开心地拍手，他也非常快乐，起码不必再听她教训。

“是不是？”她把功劳归于自己，“听我说的没错吧。”

他和小强一齐紧张地拉着风筝线，开心地看着风筝在空中逍遥地飘。

“好漂亮哦！”小强说：“看，爷爷，我们的蝴蝶飞得最高了。”

天空中还有几只风筝，就数他们的最漂亮，也飞得最高。

“让我一个人放好不好？” 小强跃跃欲试。

“好啊！” 他把线交给小强。

小强拉着线跑，风筝似乎飞得更高了。他益发开心，笑得和渐渐升高的太阳一样灿烂。

突然，另一只风筝靠过来，把小强的“蝴蝶”一勾，只听到“啊！”的一声惊呼，小强的风筝断了线。

“我的风筝！我的风筝！” 小强一直叫着，风筝仿佛没有听到，往远处的天空飞去了。

回家路上，小强问：“为什么风筝会断线？”

“叫你们往前多走几步去空地上放，不听。都说了，有树的地方不适合放风筝！” 她在一边教训着爷孙两人。

他没有回答，心里偷偷羡慕那断了线的风筝，那在广阔的天空中自由飞翔的风筝。

失去自信的男人

收到那束玫瑰花的时候，她并没太在意，甚至连卡片也没去找出来看是谁送的。

“搁在桌边吧。”她随手一指，对着捧花进来的小弟说。

“哇！那么一大束玫瑰！今天是节日，玫瑰都涨价了，一定好贵哪！”坐在她旁边的何丽真羡慕地说。

“我们这些未婚女性，连一朵花都没有呢！”苏素华半开玩笑半认真地说，“还是曾姐最有魅力！”

每一个节日，她都会收到一些听众送来的花。有时候，她看到非常漂亮的，会在下班后带回家；有时候，则随便放在办公桌上；偶尔，送来的花太多了，她甚至转送给别的同事。

她是电台播音员，有一副动听的嗓子，当年丈夫就是因为这副嗓子迷上了她，最后她嫁给了他。

“为了要永远听你的声音。”丈夫是这样求婚的。

婚后有一段日子，她辞职回家当全职主妇。但是，孩子渐渐长大后，她开始进入空巢期，生活似乎变成一潭死水，没有挑战，也没有成就感，她感觉无聊。这时，有一个私营电台来跟她接洽，经过丈夫的同意，她重新出来工作。

对这份新工作，她非常投入，再加上她的声音依旧迷人动听，因此，几乎每天都收到许多“追星族”的信件和卡片。

本来这种事丈夫并不知道，有一回，电台举办家庭日活动，丈夫受邀一起参加，几个同事口没遮拦地，纷纷把听众送花的故事说给他听，并且夸张地说：“曾姐的声音太好听了，听众迷得不得了，还有男听众写信来示爱呢！”

在这之后，五十来岁的丈夫，突然变得爱吃醋。

“今天收到信吗？”

“今天收到花吗？”

每天回家后，他都追问。

她不把这些事往心里去，所以都是随口回答：“有啊。”或者是：“没有啦。”

没想到有一天，她带一束花回去，丈夫一声声追问：“是谁？是谁送的？那么大的一束，要很多钱哪，普通的听众会送那么贵的花吗？”

偏偏她又没有注意到花里头有一张卡片，丈夫把卡片找了出来，那张卡片上竟然写着：“一个喜欢听你的声音的听众”。

也不知是男的女的，但是丈夫一口咬定是个男人。

“女性怎么可能花这个钱？”丈夫说，“除非她是同性恋。”

因此，今天收到这一束花，虽然漂亮得很，但是她并没有打算带回家去，以免丈夫又产生疑惑。

她可不想添麻烦。

晚餐的时候，丈夫一直在问：“怎么，今天没人送花吗？”

她想了一下，摇头：“没有呀。”

临睡前，丈夫又再问：“真的没人送花吗？”

她因为前面已经说了谎，于是就认真地说：“真的啦。”

丈夫整个晚上睡不着，他在心里想：“我送花过去，故意不在卡片上署自己的名字，就是故意要试探她有没有事瞒我，原来她真的在骗我。”

“是不是还有其他事没有告诉我呢？”

看见她睡得非常安稳的样子，又妒忌又生气的他真想打她一巴掌。

温柔的阳光

傍晚的阳光被影影绰绰的树叶筛下来， 洒在人身上， 已失去中午的炽烈威力。

刘秀月缓缓地走到花丛中的长椅坐下。 周围有许多不同颜色的花儿，她叫不出它们的名字， 除了大红花和向日葵。 这些不知名的花， 聚在一起同时绽放， 把花丛装点得很是漂亮。

笑闹声从花丛旁的游乐场传过来， 刘秀月忍不住将视线投向他们。 穿白背心的小男生在荡秋千， 两只脚在空中轻快地晃着。 两个头发卷卷的小女孩坐在跷跷板的两端， 款式一模一样的衣服， 相似的外表， 是孪生女。多好呀！ 刘秀月听到她们欢乐的、 像铃铛一样清脆的笑声。 另一边有几个孩子在滑滑梯， 也是咯咯咯地笑。 半圆形的梯子没能获得孩子们的青睐， 被冷落在一旁， 只有风轻轻吹过。

十二月以后， 刘秀月几乎每天黄昏都到公园来。 她喜欢坐在花丛中的椅子上， 看孩子们欢快地玩游戏。

游乐场里几个妈妈聚在一起聊天， 她没想过要加入她们。 她只爱在一旁看孩子们玩。 孩子们胖墩墩的手脚、 圆圆的笑脸、 稚嫩的话语， 是世上最美丽的风景。

妈妈们刚开始遇到刘秀月时，觉得她很怪。一个人，不带孩子，老是在一旁观望正在玩耍的孩子。起先大家都有点提防她，用怀疑、排挤的眼光看她，后来发现她并无恶意，就是感觉这个女人有点傲，独自一人坐着，完全不理别人。她们也不愿意向刘秀月伸出友谊之手。

对于这一点，妈妈们曾经讨论过："我们先来的，这个地方。"

"可不是，她是后来才出现的呀。"

"就是，要做朋友，应该是她先开口吧。"

人和人之间，沟通并不难，然而，彼此都不肯先微笑先点头先说一声"你好"，就失去了认识和交流的机会。

于是，冷漠变成了习惯。她们一来，自然就聚在一个角落。对于刘秀月，她们表面不闻不问不和她打招呼，私下却常常小声地说她的闲话。

"真奇怪！一个女人，什么也不必做。"

"是呀。不必忙家事也不必去办公，每天就这样坐在这里浪费时间。"

"也许是人家的小老婆吧？"

"不像哪，样子既不年轻也不漂亮，哪有资格？"

"神情倒很骄傲，对人不理不睬。"

"好像高人一等的样子。"

"什么嘛？就一个普通女人，做出那副高高在上的模样。"

她们最后决定不理睬她。

这些妈妈带孩子出来玩，却比孩子更兴奋，坐在一块东家长西家短地闲聊，没理会孩子们在玩些什么。她们其实比孩子更期待每天黄昏到公园来闲聊的这一段时间。

被妈妈们看起来冷漠、高傲的刘秀月，根本没注意有人在非议她。她一心放在孩子们身上。

突然，一个卷发小女孩从跷跷板上翻下来，刘秀月"啊！"的一声，喊得比跌倒的小女孩还响。

她飞奔过去，把小女孩扶起来。小女孩因痛楚和惊吓，哭得很大声。

那群妈妈一起转过头来，看见刘秀月站在女孩面前，女孩在哭。

女孩的妈妈——一个年轻、漂亮的女人先赶了过来，其他妈妈也跟着一起过来。

“你在做什么?”女孩的妈妈口气非常紧张。

“是呀!”其他妈妈纷纷助阵似地对刘秀月喊起来，“你做什么?打人呀?”

“肯定是她打了小丽。”有人像亲眼看见到似的言之凿凿，“要不然，孩子玩得好好的，怎么会哭?”

女孩的妈妈紧紧抱着孩子，问道:“告诉妈妈，怎么回事?”

“我跌倒了。”孩子圆圆的双颊有未干的泪珠，“阿姨过来扶我起来。”

其他人没有听到。她们在忙着责怪她们眼中的怪女人。

“你每天到这里来做什么?”有人质问，“闲着没事做呀?”

“我……我……喜欢……孩子。”刘秀月被她们的恶劣态度吓到，支支吾吾地，一句话也无法说完整。

另一个妈妈冷冷地说道:“喜欢孩子不会自己去生呀?”

一听这话，刘秀月顿时跌坐在地上哭了起来。去年十二月圣诞节期间，她带着两岁多的女儿到泰国著名的度假胜地普吉岛旅游，没想到遇到一场由地震引发的海啸。海浪把漂亮、活泼的女儿卷走，永远回不来了。

其他妈妈不屑地看着刘秀月:“她有点神经吧?没说她一句重话，她竟哭得像个孩子。”

“就是呀。谁说她了?谁说她了?”

“有的女人就是很造作。哼!”

“我们走远一点，免得引起别人误会，还以为我们对她做了什么!”

“走吧，走吧。”

温柔的阳光，通过树叶与树叶的隙缝间，洒在公园里所有人的身上。

离　　婚

那天早上，一切和往常一样，他下楼前先看一下卧室里的温度计，气温是二十九摄氏度。他知道再过三个小时就会变成三十到三十二度。不过，当气温升高的时候，他无须担心穿着长袖衣打着领带会流汗。那个时间段，他正多穿一件外套坐在办公室里，办公室的温度是十八度，空调制造出来的非自然温度，他已经习惯。

习惯地，他坐在餐桌边，一边看报纸一边等太太给他弄早餐。

早餐是牛奶一杯，冷的；面包两片，烤过，略焦，涂牛油；半熟的鸡蛋一个，是菜园鸡的蛋，托邻居的亲戚买的。那人住在离市区远一点的郊外，自己养了一些鸡。太太时常告诉他，说有人到巴刹买到假货，卖蛋人把新生鸡蛋假冒菜园鸡蛋，卖给不识货的人。菜园鸡蛋和普通鸡蛋，价格差一倍以上。当然，这些家庭小事都是他太太在打理，他根本不必理会。

不理会日子是怎么过的，对新闻却还是挺关心的，每天翻着报纸。新闻都是旧闻，天天不是凶杀案就是抢劫案，不知道警察干什么去了，破案率奇低，结果作案人日益猖狂。再一看，股票又跌了，前天才涨那么一点点，重要人物在报纸电视各种媒体上异口同声说国内经济越来越好，市场却是一片清冷，毫无与政府合作的意愿及趋势。其实大家何尝不晓得那些说法并不可靠，市场表现才是最好的证明。

最好的证明是他的胃口。每天早餐吃同样的东西，他都无所谓。他是一个什么都不挑剔的人。这时他嗅到烤面包的香味，太太把早餐拿过来。他面无表情，并没把报纸放下。每天他都是对着报纸吃早餐。

吃早餐对他来说只是吃早餐，与享受不享受皆没关系。他拿起一片面包和新闻一起“咀嚼”，太太突然问：“你知道我今天穿什么衣服吗？”

什么衣服？他一时会意不过来太太在问什么。往常，太太把他的早餐放下，就到厨房或客厅去忙家务，从来没有向他提过什么问题。

什么问题也引不起他的兴趣。“你说什么？”他这是条件反射下的结果，目光依旧对着报纸，看着头条新闻的图片说明。

图片说明往往一语中的，赛过长文中的千言万语。“你知道我今天穿什么衣服吗？”这回他倒是听清楚了，诧异地把手上的报纸放下来，对着太太的衣服看了一眼。

看了一眼，他觉得这个问题完全没有意义。“你说什么？”他重复地说，并不指望太太回答，继续把视线投向眼前的报纸。

报纸上写着：“你永远无法了解女人。”现在他终于明白，那些专家研究的报告确实有道理。吃过早餐，他就要赶到办公室去工作，而他的太太却在这个忙碌的时刻问了这样一个愚蠢的问题。

愚蠢的问题无须多加理会。太太要是像他那样为工作忙得不可开交的话，也许就不会胡思乱想。“我吃过早餐就去上班。”他说，提醒太太，他是个忙人。情绪化是所有女人的通病。他想，他的太太也不例外，虽然长久以来，这样的事不曾发生。

发生的永远不会是新鲜事，这么些年来难道他还不知道。“我要跟你离婚。”太太说，那样平淡的语气好像在问他晚上几点回来吃饭。“轰”的一声，他仿佛听到雷声隆隆。

雷声隆隆原来是他的幻觉。他清醒了，吃惊极了。这回，他真正放下手上的报纸，认真地注视太太。

注视太太时，他才发现，太太的眼角有几丝浅浅的皱纹，不过仍无损于她的美丽。他看不出她说的到底是真的假的，她看起来非常平静。

平静得令他安心，他说：“别开玩笑了。我很忙。今天晚上我要吃排骨汤，还有清蒸红鱼。”然后他低下头吃他的煎得半熟的鸡蛋，又把牛奶喝了，而后站起来，说：“我要去上班了。”

“我要去上班了。”一切到此为止，这是他的话背后的意思。

这背后的意思太太显然不明白，她继续说：“我要跟你离婚。”

离婚是这样随便说说的吗？他不耐烦地说：“够了啦你。”开玩笑也要选时间，他瞪太太一眼。太太很冷静，而且果断地告诉他：“真的，我要跟你离婚。”

“离婚？”他恼怒地说，“为什么你这样烦人？”其实他开始感觉到有点冷，他的心也一点一点地在收缩。到底发生了什么事？

发生了什么事，让太太作出这样一个完全出乎他意料的决定？“离婚以后，你就不必烦了。”太太低声说。

低声说不表示退让，她的语气异常坚决。他实在意外，这是和平日没有两样，非常普通的一天，连气温，连早餐，都一模一样，为什么会听到这样一个晴天霹雳？

晴天霹雳只是对他个人而言，太太则像无事人似的，心平气和地宣布这个消息。

这个消息令他的胃起了变化，他似乎要呕吐。“好吧。”他怒气冲冲地说，“离婚就离婚。”他可不是一个认输的人，心里却有一股声音叫自己要冷静面对现实。

面对现实的他拿起公事包，冲到车里，开车出去的时候，车速奇快，像要把这件事甩到远远的地方。

车子停在交通灯前，这里的红灯每次都亮很久，他时常等得不耐烦。

今天真不幸，又让他遇到红灯。

红灯。今天真不幸。他想到自己的不幸，真的觉得自己很不幸。大家都在过日子，为什么他就这样多烦恼？生活不是好好的吗？突然，他抱着方向盘哭了起来。

一边哭，一边想不通，“我到底哪里做错了？”他自认是个好丈夫，每天准时上班下班，每个月的薪水全部交给太太，没有不良嗜好，最多是看报纸看电视，平日没事从不出门，那些同事相约去风花雪月的地方，他都推掉。他可是出了名的标准好人！

标准好人却遭受到离婚的命运？世界上有这样不公平的事？而且还是由太太先提出的离婚。离婚以后，人家会怎么看呢？这些年来，他辛辛苦苦地工作，没有一天迟到，没有一天早退，他实实在在地做一个好人，难道他做错了吗？他在车上一直哭，绿灯都亮了，他还在哭，其他车子纷纷从他的车子旁边过去了。

不合脚的鞋

一开始就不应该买这双鞋的。陈立友坐下来，没等侍者走开，一只脚就在桌子下悄悄地把新鞋给脱了。

“咖啡。”他这才喘一口气，

其实，他第一眼就不喜欢这双鞋。

这双脱在桌子下的咖啡色鞋子是没有鞋带的。

陈立友一向比较爱穿黑色的鞋。黑鞋看起来大方是其中一个原因，另一个原因是，它不论配什么颜色的衣裤，都不难看。他对绑鞋带的鞋一直都有好感，总觉得看着较为秀气。没绑鞋带的鞋子往往给人一种懒散、邋遢的感觉。

他伸展一下脚趾，再看一下手表，已经八点半了。

和何淑娴约好的时间正是八点半。然而她老是不改旧习惯，往往要迟到一整个小时。今天看来也不会例外。

陈立友皱着眉头，把手伸到桌底，搓捏着被尺码偏小的鞋子“吃”得很痛的脚趾和脚跟。

那天走过鞋店，何淑娴突然停在玻璃窗外，指着这双咖啡色的鞋说：

"你看，多么漂亮的鞋子！"

他下意识地对她点头，附和道："是呀，真漂亮。"

这种反应他认为是非常自然的，必须讨好新结识的女朋友，不管她怎么说，都同意，都赞成，都说"是"，就对了。

没想到何淑娴就对售货小姐说："请你把这双鞋拿来给他试试。"

陈立友还没回过神来，他的脚就已经被套在他不中意的鞋子里了。

"你觉得怎么样？"何淑娴有些得意地说，"我认为你穿起来非常好看。"说实在的，无论是颜色还是款式，陈立友都不喜欢，并且，他穿上去后就发现不太合脚："这鞋子的皮好像太硬，而且尺码也太小。"

"会吗？皮会太硬吗？"何淑娴似乎不太相信他，蹲下去，用手按了按鞋面："不会太硬啦，这样穿起来才不会烂塌塌的。太软的皮，还没穿就已经皱巴巴的了，像块破布一样。"

陈立友不好再说什么，只得对售货小姐说："有没有再大一号的？"

"没有，就这双是最大的了。"

何淑娴自己没穿这鞋，却替他作了决定："不会小吧？我看起来刚刚好呢。太大的话，走起路来，老感觉要掉了似的。"

"但是——"陈立友本来还想说什么的，却听到何淑娴对售货小姐说："就这双好了，你包起来吧。"

陈立友只得掏出钱包付了钱。

"你每次都穿黑色的鞋，我真不喜欢，像老人穿的。"何淑娴说，"换这双可好看多了。"

本来，今天陈立友是特地穿这双鞋来要让她高兴的。可是这一路走来，一双脚被鞋挤压得越来越痛，他的怒气渐渐像瓶子里的啤酒，摇过后打开，一冲出来就不能遏止。

何淑娴果然又是迟迟不出现。陈立友一直等到九点，再也等不下去了。这回他决定不再委屈自己，回家后，马上把这双不合脚的鞋丢掉。

寂寞石子

阳光渐渐消隐去。

草场上只有几个人。今天不是假日，周六和周日的时候，来运动的人就比较多。但是，最近的假日，伍爱丽都不来运动了。

草地是刚修剪过的，修得整整齐齐。伍爱丽慢慢地跑着，可以嗅到青草的味道。她深深地吸气，再缓缓地吐气，胸中的郁闷仿佛消散不少。

“一个人？”一个常常遇见的中年男人，每次相对跑过两人都会点头打招呼，但是彼此从来没有开口交谈过。今天迎面而来的时候，他突然开口问她。

伍爱丽点点头“唔”了一声，仍然继续她的慢跑。

往前跑去总要经过一个小小的花园，里边种满各种各样五彩缤纷的花儿，跑过去会闻到一股花香。她每一回跑过，都下意识探头看一看周国健喜欢的鹤望兰开花了没有。

每次和周国健一起跑步，跑到这儿，要是看见鹤望兰开花，他就会停下来，说：“看，多漂亮！”

她的笑容和花一样灿烂：“咦，你说这花叫鹤望兰？我听说是叫天堂鸟呢！”

“对，有人叫它天堂鸟。”周国健点头，“啊，这里有一朵是并蒂开的！”

“太美了！”伍爱丽掩饰不住那股兴奋，她不由得吐露自己的心声：“是比翼双飞的天堂鸟呢！”

周国健搂着她，说：“是，是比翼双飞的天堂鸟。”

在花圃里做软体操的老太太看见伍爱丽，停下手势，问：“咦，一个人来？”

“是的。”伍爱丽的脚步加快了些。

她不想再听到同情的声音。

一个年轻人，手提着一个小小的录音机走过，在每个人都听耳机的年代，他却播着大家都能听到的歌：“……这一生轰轰烈烈爱一回，看过真心真意的人，一辈子在回味，有人谈感情，求全身而退，偏偏我的，支离破碎……”

歌声随着他越走越远，越走越远。

刚修剪过的草地整齐干净，伍爱丽跑着跑着，突然感觉有颗小石子跑进她的跑鞋里。

“啊！”一阵刺痛。

但她没有停下来，结果，她跑了几步，石子就移了位，这回是在脚心下面，她一开步，它就有一下没一下地让她感觉到微微的痛。

开始她觉得不习惯，很想停下来，把石子倒出来。但是，她看见那个经常遇到的人正向她跑过来，她不能忍受一个又一个的人都在问：“一个人？”所以她不愿意停下来，她宁愿不停地跑着。不理睬鞋里的石子，她继续往前跑。

石子移到脚趾间，感觉不是那么痛了，她的脚趾动了动，将它适当地搁在脚趾缝间，这样跑起来仍然会感觉它的存在，却不会被它刺得发疼。

当她适应以后，突然心里涌起一股温暖。石子是因为寂寞，才跑进她鞋子里的吧?

回家后，她把石子倒出来，看着它孤零零地被抛在地上，她想了一下，又将它捡起来丢进鞋里，心里说:“明天再和它一起去跑步吧。”

看电视的人

电话在晚上七点的时候响起来，顾明娜马上拿起话筒。

果然是齐行耀。

“今晚九点见你，老地方。”

“好的。”

“谁？”顾明娜的丈夫王忠旭的眼睛仍然看着电视，脸对着电视问道。

顾明娜是在结婚很多年后，才发现王忠旭那么爱看电视。

她没有回答他。

因为她知道，王忠旭并不真心要她的回答，他只不过是因为那声电话而起的自然反应罢了。

顾明娜认识齐行耀不过半年，他是顾明娜任职营业主任的公司的大客户。有一次，公司派她去和齐行耀谈公事，两个人越谈越投契，于是开始了私人约会。

齐行耀已经四十三岁。一个事业成功的中年男人，不可能还未婚，这一点，顾明娜当然知道。

顾明娜已经有了家庭，这，齐行耀也不是不清楚。

然而，两个人还是互相吸引了。

都有过男女关系经验的男人和女人，经过数次约会，很自然地便进了酒店的房间。有了肉体的接触后，每一个约会好像只是为了一件事，那就是上床。

彼此热烈的反应都是下一次约会的主要原因。

齐行耀从来不同顾明娜说起他太太，而顾明娜有时候却会跟齐行耀提到王忠旭。

王忠旭对电视的迷恋令顾明娜憎恨。

“他的眼睛里只有电视机。”顾明娜觉得气恼。

“没关系。”齐行耀说起甜言蜜语是用不着打草稿的，“我的眼睛里有你就行了。”

顾明娜之所以那么容易就被齐行耀带到床上去，跟齐行耀那张仿佛涂过蜜的嘴有很大的关系。

“谁稀罕你的眼睛？最重要的是你的心。”顾明娜娇嗔地斜着眼睛瞄着齐行耀。

齐行耀却不给她明确的答案，他用力地搂着她：“你不要这样看我好不好？你这姿态太迷人，我受不了了。”

两个人一齐倒在床上。

然后有一天，也是晚上七点的时候，电话一响，坐在电话边的顾明娜便急急伸手去接。

却是一个陌生女人的声音。

“找你的。”顾明娜不耐烦地对王忠旭说。

“哦。”王忠旭眼睛没有离开过电视，却对电话里的人说，“好的，好的。”

那时，齐行耀已经不常来约顾明娜了。

顾明娜心乱如麻地等着，电话却始终没再响。

这段日子，出去的都是王忠旭，反而是顾明娜，每天晚上对着电视，看完所有的节目。

废弃的车站

那时的太阳已经渐渐下山了。

房间里光线微弱，暮色开始涌进来。对着衣橱的李曼馨并没有开灯，旅行箱放在床上，已经打开，她想把自己喜欢的衣服都带走。

衣橱分成两格，一边挂着的，是她的，另一格，都是男装，是她的丈夫何志威的衣物。

她先把赵力胜送她的衣服拿下来，折好，放进旅行箱里，然后才选择其他的。

红色的薄纱上衣、浅绛色的窄裙子、深蓝的牛仔裤、花哨的圆裙、全色的套装、宝蓝图案的阔裙……她一件件轻轻地抚摸着，打不定主意要带走哪一件。——这些，都是何志威给她买的。

她看了很久，还是犹豫不决。她不禁叹一口气，坐在床上。

认识赵力胜不算久，时常在一起游玩，也不过是三个月前的事。比起何志威，赵力胜是那么风趣、细心，而且体贴。

她和何志威结婚已经五年。这五年来，好像什么话都说完了，两个人之间再也没有任何共同话题，每天上班、下班、吃饭，上床。程式化的日子，似复印机般一天天重复着。

何志威本来就不爱说话，而她一个人扮演独角戏，演得太久，觉得无趣、疲累并且不想再继续演下去，有一种想逃脱的念头，先是一丝丝地，而后逐渐在心中扩大。

赵力胜在这个时候出现了。

能说会道的他，一句句的甜言蜜语，温柔得让李曼馨心动。

李曼馨的心，一点一点地被赵力胜侵占了去，原本驻扎在此的何志威被“驱逐出境”。

然而，就在这个时刻，当李曼馨看着衣橱，考虑要带走什么时，何志威的各种优点却突然涌现出来。

除了口拙，何志威并没有别的缺点。他不抽烟，不喝酒，不赌钱，更不会胡乱找借口跟女人应酬。

李曼馨在渐渐暗下来的房间里，不禁犹豫起来。

赵力胜约她，说：“跟我走，我会一世对你好。”她毫不迟疑地点头了。可是，她真正了解赵力胜多少呢?

她望着窗口，赵力胜约她见面的地方，就在街尾转角处那个已经废弃不用的车站。他说的时间是七点半，此时已经七点四十分，他来了吗?

赵力胜说：“我从七点就开始在那里等你，我会一直等下去，直到你出现为止。”

李曼馨走过去，把旅行箱合上，把衣橱门关起来。

何志威进来，问：“咦，怎么啦?整理什么东西?”

“心情。”她的笑容略带苦涩。

“什么?”何志威没听清楚。

李曼馨摇头，说：“没有。”

她心想：“也许应该到车站去和赵力胜说一声。”

她不知道，没人也没车的车站，一直都没有人也没有车来。

重　　逢

看到她的时候，他已经来不及后退。

推着购物车的她，一头削得薄薄的短发，看起来俏皮活泼，甚至比以前更年轻。

在她的购物车旁，一个大约五岁的小男孩跟在她身边，正抬头和她说话：“妈咪，你总是买你要煮的菜，我喜欢的朱古力还没买呢！”

她笑的时候，还是那么好看，眼睛眯着，鼻子皱着，酒窝闪现：“喏，这不就是吗？”

手上扬着孩子想要的朱古力，然后放进购物车里，转过来看到他的时候，她的脸依然充满阳光：“啊！这么巧？”

他有点迫不及待地问：“你的孩子？”

眼睛定定地看着那个长得像她的男孩。

“大家都说长得像我。”她依旧微笑着。

“是的。”他脱口而出，“尤其是眼睛和嘴巴。”

当年他看着她的眼睛，说它是她“脸上最迷人的部分”。

当年他抚着她的嘴巴，说它是她“脸上最美丽的部分”。

她有点惆怅，但以笑容掩饰："他小时候，人人都以为是个女孩。"

"听说男孩长得像妈妈，比较好命。"他说，非常有经验似的。

"是吗？"她淡淡地说，"希望如此。"

一出世就没有爸爸的孩子，会好命吗？

"我可以抱抱他吗？"他问，充满期待地。

"小宇，让叔叔抱抱好不好？"她蹲下来。

小宇望着陌生人，紧闭着嘴唇摇摇头。

他好不失望。

"他爸爸没有一起来？"他转移了话题。

一丝伤感从她眼中闪过，但他没有看见，他的视线还在小宇身上。

小宇说："我没有……"

她急急回答："他爸爸最近出差去了。"

他"啊！"的一声，重复刚才说过的话："孩子长得真像你，很好看。"

"我要赶回去了，有点事情。"她逃避似地推着购物车走了。

他望着前妻的背影，曾经有过美好的日子，但一切都远离了。

他本来以为他们有复合的可能，然而听说她带着一个孩子在生活，他就再婚了。

他盼望妻子也为他生一个孩子，但医生说不可能。

她的脚步加快，小宇叫："妈咪，你慢点呀。"

她担心他会追来，她更担心被他发现小宇原来是他的孩子。

不过是因为很小的事闹离婚，等着他来找她，结果等来他再婚的消息，她原有的希望之火熄灭了。

命运在远远的角落，嘲弄地看着这对重逢的男女。

嗅　　觉

每次家里出现什么异味， 总是胡太太先嗅到。

“又有猫在院子里大便了， 臭得要命。”

“我闻到一股味道， 应该是有只壁虎被压在窗框里死了吧。”

就算是非常淡的味道， 胡太太也闻得出来。

“秦太太， 你换了香水了？”

“啊！” 秦太太一脸的佩服：“你的鼻子真灵敏！ 连我老公都不晓得我换了新品牌的香水呢！”

“你老公太粗心大意了。” 胡太太得意地笑，“上回我听到他说公司里的爱珍和小林， 我当时就猜到他们之间有点问题， 果然没错。 后来， 不是听说小林为爱珍离婚了吗？”

“就是！” 秦太太一点头，“我当时以为是你多疑， 后来林太太闹到公司里去， 我老公回来告诉我， 我才相信你的敏锐。”

胡太太大声地回答：“什么敏锐？ 我这是‘嗅’ 出来的。”

她说完又加了一句：“从小我妈妈就说我的鼻子格外敏感， 对味道的感觉比别人要灵敏。”

“我就不行了。”秦太太为自己的愚钝而有点不好意思起来，“像曾子平和苏绫美的事，一直等到苏绫美肚子大了，又离了婚，和曾子平住在一起，我才恍然大悟。”

眉毛挑得高高的胡太太更开心了：“可不是吗？我在公司的聚餐会上看到他们两个人的表情，就晓得曾子平和苏绫美在搞婚外情。你还同我争辩，说他们是同乡，所以交情特别好，还说什么两个人都已经结婚，曾子平是好好先生，不会背叛太太的。”

“这事真是出乎大家的意料。苏绫美人挺好的，秀气又贤惠，怎么想到她也会背着她先生和曾子平搭上了？”秦太太十分感慨，又好奇地问，“胡太太，是不是你的第六感比别人的准？”

“才不是第六感呢？我这人哪，就嗅觉特好，很多事别人还不知道，我就先‘嗅’出来了。”胡太太对于自己的这个长处，颇有些自得。

她喜欢让人家知道她有这份与众不同的敏锐，所以时常邀请邻居的太太们到她家里来聊聊天，在闲聊当中，不时列举出她比别人先“嗅”出真相的例子。

新搬来的章太太也加入她们的聊天聚会。

章太太长得年轻貌美。眼睛亮亮的，而且眼波流转顾盼之间，颇见妩媚的女人味。苗条、修长的章太太喜欢笑，一笑起来，亮亮的眼睛就眯眯的，一副风情万种的样子。这令她在几个胖太太中，显得格外出色。

开始的时候，胡太太还时常同胡先生称赞章太太漂亮，后来，胡先生几次下班时刚好遇到章太太在他们家，渐渐地，胡先生也在言谈间夸赞章太太的明艳照人和亮丽的笑容。

“咦！”章太太说着站起来，“胡先生回来了，我也应该回去煮晚餐了。”

看着她挺直的背影，秦太太说：“章太太真是好太太，看到胡先生回来，马上就赶回家去煮晚饭给章先生吃。”

“是吗？”胡太太的口气冷冷的。

为什么每次胡先生一到家，章太太就急着要回去呢?

胡太太仿佛嗅到空气中飘着一种不同的味道，但她却说不出那究竟是什么。

误会宝蓝色

最近朋友们见面时都告诉我一个事实：“你怎么一直在穿蓝色的衣服呀？ 如果你不要听假话， 那我得老实告诉你， 你穿这个蓝色， 真是不好看。”

每天出门之前， 都会再三地照镜子。 我很怕吃了早餐以后， 在牙齿的缝隙间留下一丝半青不绿的菜， 或者嘴唇上有点点暗红色的番茄酱。 像衬裙长过外裙这样的事， 我就曾在巴士上看到过。 虽然现代社会不是没有热心人， 但是， 像内裙比外裙长一小截这样的事， 好比穿上裤子以后拉链忘记拉上去， 人人都看见了， 却没一个人会主动走上前低声告诉你。 所以我出门前， 总要在镜子前照数次才迈开脚步。

对着镜子， 我看见我身上的衣服是宝蓝色的。 宝蓝色， 多么漂亮的颜色呀！ 不知道为什么， 我一听到“宝蓝色” 这个词， 立刻就喜欢上了。

苏瑞是第一个告诉我宝蓝色的男人。“宝蓝色， 非常深沉非常华丽， 非常朴素非常稳重， 是非常美丽的颜色。”

我几乎想都不想， 就爱上了宝蓝色， 也没有再想一下华丽和朴素这两个形容词是否可以在一起出现。

苏瑞的衣着就都是宝蓝色的。他身材修长，肤色又白，宝蓝色对他来说，真是再适合也不过了。所以，虽然他已经离开我半年，我却仍然没有忘记他的宝蓝色。

“你穿这个颜色难看，是由于你人长得太黑了。”因为是好朋友，所以他们才会坦诚相告。

一个人，长得黑或者白，并不是自己的选择。肤色不能像鞋子，鞋子要选何种颜色何种款式，可以到商店里挑，看到顺眼的才买下来。肤色白或黑，是天生的，像一个人的才华。我知道自己长得黑，每次到国外出差，见面的客户总要猜我是印尼人或者泰国人，听说印尼和泰国人都比马来西亚人要黑一些。

“气候炎热，阳光太强烈的关系吧！”我总是开玩笑地说。

做生意就是这样，虽然笑脸迎人不一定做得成生意，但总比黑脸受欢迎。

“听说皮肤黑的女人比较热情。”男人的回答差不多都一样。

男人喜欢外面的女人对他热情，不喜欢他家里的女人对外面的男人热情。

我总是给他们一个模棱两可的微笑，做出莫测高深的样子，让他们揣测。

其实男人真笨。女人不论肤色黑白，对喜欢的男人，她们自然热情，对讨厌的男人，她们当然冷漠。这么简单的道理他们不是不懂，而是男人都以为自己是大众情人，到处都可以受女人欢迎，他们不愿意接受真相。说白了，他们比女人更会自我欺骗。

“肤色黑的人就不能穿宝蓝色？不一定吧？”我坚持要这个颜色。

“宝蓝色？”朋友大声笑起来，好像听到一个非常好笑的笑话。

我看着朋友笑，不明白她为何如此笑。朋友笑完，又问：“这是宝蓝色？”

“这不是宝蓝色？” 我愕然， 低头看自己的衣服。

“这叫暗蓝色才对呢！” 朋友说。

啊！ 我有点赧然！ 原来这么久以来， 我误会了宝蓝色。

一个人，走在微型小说创作的路上（后记）

1989年之前，在懵里懵懂的情况下开始微型小说的创作。没电脑，没网络，资讯获取不易。可是仅1500字便可完成一篇小说，对创作的人是新奇的诱惑和全新的挑战。然而时间不够用。文学需要忠心耿耿，偏又爱上绘画，绘画亦要求一心一意，正职却是家庭主妇。一心三用，要认真做好每一项，只能像蜗牛爬行一般缓慢。

1991年至今，在国内外获得数十个大小微型小说奖，出版48本个人集，其中15本是微型小说。被翻译成他国文字并出版，被不同国家收入高校和中学课本，被评论家评论最多的，都是微型小说。时常受邀在国内外文学会议上发言，到不同国家演讲，谈得最多的，也是微型小说。1996年《凋花》入选南洋文艺1995小说年选《南隆·老树·一辈子的事》，台湾作家陈映真在题为《敬意与祝愿》的序中，两次提起《凋花》，并特别给《凋花》作出如下评论："朵拉的《凋花》是结构小而完整的小小说。所谓'小小说'，似乎是因应现代经济高度发展后忙碌的现代人之所需的小说形式。但《凋花》在短小的篇幅中，兀自起承转合。小说的情节，放诸台湾、香港，甚至今日大陆之东南沿海而莫不皆准：在经济发展中猬生的中产阶级家庭的庸俗化和欺罔化。"

帮助我在网上搜索资料的朋友曾邮来一段文字："李永平在一篇访问里说：'读朵拉的文字时，不时没道理地想起香港作家林燕妮。香，但有手起刀落的残忍，明明是关照女性，偏留下那么多遗憾。柔弱和决绝，往往是同一个人的两面。写男女有这么多故事，真稀奇。'她说：'整个世界有一半的人口是女人，不过，这50%的人口却被歧视、忽略，没有发言权，而且受到压抑、欺侮和冷落。两性关系从此成为我最爱探讨的课题。'大抵，取样边界宽阔和留心生活细节，一个都不能少。难得她书写平而不淡，香而不腻，很藏得住。"

诺贝尔文学奖得主莫言作为"2013年黔台杯·第二届世界华文微型小说大赛"的终评委主任，读了世界各地华文作家参赛的8000多篇微型小说以后，在获奖作品集里，唯一为一篇微型小说写下评语的，是我的《那日有雾》，评语如下："富有诗意，充满象征意味，突破了微型小说写作中司空见惯的模式。"陈映真、李永平和莫言都是无须赘言的作家，他们对我的微型小说的评论，是我前进的动力。

散文、随笔、艺术评论、短篇和中篇小说，我一直在写，也一直在大陆、香港、台湾等地发表，对微型小说的创作，我不会放弃。

明知在文学圈，结党办社是取暖方式，可彼此鼓励互相期许，不是不推崇，但说到文学创作，仍应以作品为重。况且，生来愚钝，悟性不高，却要保持明天比今天更进一步的状态，就更不允许自己随便挥霍宝贵时间。无法否认，一个人在微型小说的创作道路上走到今天，不时遇见熟悉或陌生的人给予温暖，让我看见生命的美丽，感受社会的温情，同时也增强了自己一定要成为别人生命中美丽的陌生人的信心。

这一次，感谢鹭江出版社，感谢主编江岚、编委刘慧琴，在2017年给我带来我的第49本书，也是我的第16本微型小说。我是福建人，却不认识鹭江出版社的任何人，也不曾见过江岚和刘慧琴，他们是我生命中的陌生人，也是带给我温情的贵人。我铭记于心。

图书在版编目（CIP）数据

那日有雾/（马来）朵拉著．—厦门：鹭江出版社，2017.7
（新世纪海外华文女作家丛书）
ISBN 978-7-5459-1320-0

Ⅰ．①那… Ⅱ．①朵… Ⅲ．①长篇小说—马来西亚—现代 Ⅳ．①I338.45

中国版本图书馆 CIP 数据核字（2017）第 147569 号

"新世纪海外华文女作家"丛书
NARI YOU WU
那日有雾
［马来西亚］朵拉 著

出版发行：海峡出版发行集团
鹭 江 出 版 社
地　　址：厦门市湖明路 22 号　　**邮政编码**：361004
印　　刷：福州德安彩色印刷有限公司
地　　址：福州市金山工业区浦上园 B 区 42 栋　　**联系电话**：0591—28059365
开　　本：700mm×1000mm　1/16
插　　页：2
印　　张：17.5
字　　数：242 千字
版　　次：2017 年 7 月第 1 版　　2017 年 7 月第 1 次印刷
书　　号：ISBN 978-7-5459-1320-0
定　　价：53.00 元

如发现印装质量问题，请寄承印厂调换。